W0363943

La bataille de Sciences Po

Margaux Leridon

La bataille de Sciences Po

Enquête au cœur de l'école du pouvoir

Flammarion

©Flammarion, 2025
ISBN : 978-2-0804-7166-6

Prologue

Les révoltés du Boutmy

C'est un de ces matins de mars où la fatigue d'un hiver trop long commence à engourdir les esprits et les corps. Les vacances d'été sont encore loin, mais – étrange élasticité du temps – les examens de fin d'année, eux, se rapprochent dangereusement. C'est qu'on anticipe qu'au milieu des révisions, il faudra, pour les uns, étudier les modalités pratiques du départ en troisième année à l'étranger, pour les autres, dénicher un stage de master, ou même, pour les futurs diplômés, se trouver un emploi.

La Péniche, le hall du 27, rue Saint-Guillaume, baptisé ainsi en référence au double banc de bois en forme de navire qui trône en son milieu, ne résonne que du bruit de pas pressés, et peut-être, furtivement, de conversations ensommeillées. Point de tractage encore, ni de pauses clopes sur le trottoir d'en face. On grimpe les escaliers pour rejoindre une « conférence de méthode » – la chic dénomination que l'école donne à ses TD – ou le petit amphi Chapsal pour un cours magistral. L'emblématique Boutmy, vaste vaisseau de 600 places et cœur battant de Sciences Po, est encore désert. Il ne doit accueillir son premier cours de la journée qu'à 10 h 15 – « Révolutions, empires et nations ».

Mais ce mardi 12 mars 2024, une agitation inhabituelle s'empare de la rue Saint-Guillaume. À l'appel de la Coordination universitaire contre la colonisation en Palestine, quelque soixante étudiants s'introduisent dans l'amphi mythique. Boutmy, brièvement rebaptisé « amphi Che Guevara » en mai 1968, devient ce matin-là l'« amphi Gaza ». Sur l'estrade, étudiants et doctorants engagés prennent la parole à tour de rôle, déroulant analyses historiques, lectures juridiques et manifestes politiques autour de la cause palestinienne. D'abord clairsemée, la salle se remplit à mesure que l'interclasse déverse son lot de curieux. Le cours d'histoire de 10 h 15 est annulé ; une banderole « Gaza, Sciences Po est avec toi » est déployée de part et d'autre de la rue Saint-Guillaume, tendue entre les fenêtres du 27 et du 30.

Ce qui passerait pour du folklore dans n'importe quelle fac de France risque toujours de tourner à l'affaire d'État quand il s'agit de Sciences Po, l'école d'où sont sortis Emmanuel Macron, son Premier ministre Gabriel Attal et une bonne partie du gouvernement, mais aussi d'influents journalistes. De la matinale de France Inter (Léa Salamé, promo 2002 – devenue depuis le visage du JT de France 2) au 20 heures de TF1 (Gilles Bouleau, promo 1984), en passant par les rédacs du *Monde* (dirigée par Caroline Monnot, promo 1988) et du *Figaro* (dirigée par Alexis Brézet, promo 1984), ce sont des alumni qui donnent le tempo médiatique. Avec son campus flambant neuf au cœur de Saint-Germain-des-Prés et ses 235 millions d'euros de budget en 2024, Sciences Po attise les jalousies autant qu'elle attire les regards. Observateurs bienveillants ou ennemis déclarés, tous la tiennent en joue, prêts à fondre au premier dérapage. Et les étudiants ne vont pas tarder à allumer la mèche.

Intrigués par une intervention annoncée sous le titre « Judéité et antisionisme », des membres de l'Union des étudiants juifs de France (UEJF) s'approchent des portes de Boutmy. Certains y entrent, mais une jeune fille du groupe s'en voit refuser l'accès par trois personnes, dont l'une s'interpose physiquement. On l'accuse d'avoir, par le passé, posté sur les réseaux sociaux photos et vidéos d'étudiants propalestiniens, les exposant à la vindicte numérique de trolls d'extrême droite.

Cette génération socialisée sur Instagram et TikTok entretient avec l'image une intimité inquiète, entre hypercontrôle et peur du dévoilement. D'un côté, la mise en scène de soi en ligne est un passage obligé dans la construction d'une identité sociale, et le militantisme numérique le moyen le plus efficace de diffuser un message. De l'autre, le *doxing* – le fait de révéler des informations personnelles sur un adversaire politique, ouvrant la voie à son cyberharcèlement – est devenu une arme commune et redoutée. Résultat, ceux qui ont grandi masqués pendant les confinements inondent les réseaux sociaux de vidéos de manifs… mais n'y participent que le visage couvert, de l'arête du nez jusqu'au menton.

Devant l'entrée de Boutmy, l'étudiante mise en cause conteste fermement avoir jamais ciblé qui que ce soit en ligne. « C'est vrai que des gens envoient des photos aux médias, mais ça ne vient pas de nous », explique un an plus tard Claire [1], l'une de ses camarades devenue présidente de l'UEJF Sciences Po et témoin de la scène. « Ce sont peut-être des gens qui ont un agenda politique sur le thème : l'école est gangrenée par le wokisme propalestinien. Mais nous, ce n'est pas notre combat. Tout ce qu'on veut, c'est lutter contre l'antisémitisme. »

Photo ou pas, personne n'a le droit de bloquer l'accès. Kate Vivian, la directrice de l'engagement, intervient et fait ouvrir grand les portes de l'amphi. L'étudiante entre, mais la tension monte. Plusieurs témoins entendent : « Ne la laissez pas rentrer, c'est une sioniste ! » Impossible d'identifier l'auteur, mais la phrase et lâchée, et la machine s'emballe.

Le directeur Mathias Vicherat, d'ordinaire prompt à engager le dialogue avec les étudiants, est introuvable. Il vient d'apprendre son renvoi en correctionnelle dans une affaire de violences conjugales. Trois mois plus tôt, son ex-compagne et lui se retrouvaient en garde à vue au commissariat du VIIe arrondissement, s'accusant mutuellement de violences à la suite d'une dispute. Bien qu'aucune plainte n'ait été déposée, le parquet a décidé de les poursuivre tous les deux. Pour le haut fonctionnaire de 45 ans, déjà pris pour cible depuis début décembre par une partie des étudiants, la situation n'est plus tenable.

La dernière fois que Boutmy a été occupé, en janvier, c'était pour exiger sa démission. L'épisode avait d'ailleurs

1. Le prénom a été modifié à sa demande.

conduit à l'expulsion de plusieurs militants de droite qui filmaient les manifestants depuis l'amphithéâtre. Le directeur avait laissé les étudiants passer la nuit sur place, persuadé que l'enquête préliminaire établirait son innocence. Désormais renvoyé devant le tribunal, il n'est plus en position d'éteindre la mèche allumée dans l'amphi Gaza.

Alors qu'il prévient ses principaux collaborateurs de sa démission imminente, la séquence s'emballe sur les réseaux sociaux, trop absorbés par la mobilisation propalestinienne pour même remarquer son absence.

À 12 h 18, le compte national de l'UEJF relaie la fameuse phrase, accompagnée de ce commentaire : « Limite franchie à Sciences Po où le grand amphi est occupé. Les étudiants de l'UEJF y sont pris à partie comme juifs et sionistes. » Aussi intolérables que puissent paraître l'altercation et les mots entendus, aucun étudiant n'a pourtant été ciblé en tant que juif. Mais le message est reposté des centaines de fois, en boucle, notamment dans les rangs de la droite. La présidente de la région Île-de-France, Valérie Pécresse, dénonce aussitôt « ces saillies antisémites dignes des pires heures de l'histoire de France ». Quant à Éric Ciotti, alors président des Républicains, il voit dans l'affaire la preuve que « l'antisémitisme de l'extrême gauche est assumé en toute impunité » par les étudiants de Sciences Po.

Dans l'après-midi, la ministre de l'Enseignement supérieur, Sylvie Retailleau, se rend sur place. Elle consulte l'administration, écoute les témoins, exige une enquête interne dans les plus brefs délais. Consciente de la délicatesse du contexte, la ministre se garde de toute conclusion hâtive. Sur X, elle rend compte sobrement de son déplacement, rappelant que « nos établissements sont des lieux d'études et de débats », et qu'il est « intolérable et choquant d'y subir la moindre discrimination, la moindre incitation à la haine ». Mais à quoi bon s'encombrer de subtilités quand on peut s'offrir un buzz à bon compte à l'autre bout du monde ? Depuis New York, où elle participe à une commission de l'ONU sur la condition de la femme, la ministre déléguée à l'Égalité, Aurore Bergé, tweete à son tour : « Ce qui s'est passé a un nom : l'antisémitisme. »

C'est à peine si CNews, qui martèle l'incident dans chacune de ses émissions, ne passe pas en édition spéciale. Dans *Punchline*, l'économiste Marc Touati déclare sans ciller qu'« il y a une dizaine d'années, il y avait beaucoup de profs d'extrême gauche [à Sciences Po], et donc quand on apprenait l'économie, évidemment les étudiants qui avaient été formés via les thèses d'extrême gauche, après, ils comprenaient pas l'économie normale ». Étienne Wasmer et Yann Algan, professeurs multirécompensés et à l'époque responsables du cours d'économie de première année, apprécieront.

« Ça fait des années maintenant, vous ne pouvez plus tenir une conférence sur tel sujet parce que ça ne correspond pas à la mentalité wokiste, et c'est la direction qui instille ça ! » enchaîne le chroniqueur de *Face à l'Info* Marc Menant, pourtant plus habitué du très droitier Institut de formation politique que de la rue Saint-Guillaume. « Tout ça va évidemment dans un grand tout », analyse de son côté Pascal Praud, dans *L'Heure des Pros 2*, sa deuxième émission de la journée. « Suppression de l'Ena, abolition des grands corps, décadence orchestrée de l'État, rejet du sentiment national, vous avez tout à Sciences Po. »

Une petite pause pour dormir et hop, le sujet revient dès l'interview matinale de Sonia Mabrouk, avec Sébastien Chenu en plateau. « La direction de Sciences Po devrait plier bagage », assène en toute simplicité le député RN. Il ignore qu'au même moment, Laurence Bertrand-Dorléac, présidente de la Fondation nationale des sciences politiques, l'entité privée qui chapeaute l'école, s'apprête à annoncer officiellement aux étudiants la démission de Mathias Vicherat.

En milieu de matinée, l'affaire de l'amphi Boutmy s'invite au Conseil des ministres. Emmanuel Macron exprime son inquiétude face au risque de « séparatisme » rue Saint-Guillaume et condamne des propos jugés « inqualifiables ». Et à gauche, loin de jouer l'apaisement, Aymeric Caron affiche sans réserve son enthousiasme. « Bravo aux étudiants de Sciences Po qui se mobilisent contre le génocide en cours à Gaza », poste le député LFI sur X, avant de se rendre sur place en signe de soutien.

Pour le service com de l'école, la semaine va virer au cauchemar. Aux demandes de précisions sur la démission du directeur s'ajoutent les sollicitations liées à la mobilisation propalestinienne. Et ce n'est qu'un début. Émilie Prade, qui a dirigé la com de LREM avant de prendre en charge celle de Sciences Po en 2022, est en ligne avec l'équipe de Gabriel Attal. Le Premier ministre a l'intention de s'inviter au conseil d'administration de la FNSP pour rappeler qui tient les rênes. Peu lui importent les mises en garde de son ancienne coéquipière sur le dangereux précédent qu'une telle intervention pourrait susciter.

Vers 17 heures, escorté de ses gardes du corps et de ses conseillers, Attal débarque au cinquième étage du 13, rue de l'Université, l'ancien campus de l'Ena récupéré par Sciences Po dans les années 1990. Dans la grande salle ovale où siège le conseil d'administration, la séance est déjà bien entamée. La présidente, Laurence Bertrand-Dorléac, a convié la directrice de l'engagement, Kate Vivian, qui est longuement revenue sur l'altercation de la veille, au cours de laquelle elle s'est interposée. Les membres du CA ont pu poser toutes leurs questions. On s'apprête à plonger dans une fastidieuse discussion sur un programme de formation continue des dirigeants quand le Premier ministre fait irruption. Il serre les mains des membres du conseil, qui échangent des regards perplexes. À ses côtés, la ministre Sylvie Retailleau se tient légèrement en retrait. « Je ne pourrai rester qu'un instant, puisque je dois retourner au Sénat pour un débat sur notre engagement en Ukraine », annonce le jeune Premier ministre, tandis qu'un membre de son équipe dégaine son smartphone pour filmer la scène.

Après s'être longuement autocité, reprenant les grandes lignes d'un discours prononcé trois ans plus tôt lors de la leçon inaugurale de l'École d'affaires publiques, Gabriel Attal affirme que ce qui s'est produit la veille est « particulièrement grave ». « Plusieurs enquêtes sont en cours », précise-t-il. « J'essaye, toujours, par réflexe, d'être prudent. » Toujours… mais manifestement pas au point d'attendre les conclusions desdites enquêtes avant de s'inviter en pleine réunion du conseil. « Je pense que les Français s'interrogent très fortement et très profondément sur une forme de pente, de dérive, liée à une minorité agissante et dangereuse à Sciences Po. » Et de lâcher, cinglant : « Une expression célèbre dit que le poisson pourrit toujours par la tête. » À ces mots, plusieurs personnes s'étonnent de reconnaître le proverbe fétiche de Pierre Poujade, populiste des années 1950, dont le mouvement offrit à Jean-Marie Le Pen son premier mandat de député.

Mais Gabriel Attal n'a pas terminé. « Le gouvernement va aujourd'hui faire un article 40 », annonce-t-il. Petit rappel juridique : l'article 40 du Code de procédure pénale impose à toute autorité constituée ou à tout fonctionnaire informé d'un crime ou d'un délit d'en saisir le procureur de la République. « La deuxième chose, poursuit-il, c'est qu'un administrateur provisoire va être nommé très prochainement par le gouvernement. Je le dis très clairement : au cœur de sa feuille de route, il y aura, parmi les premières missions, celle de déterminer, d'identifier les conditions pour inverser cette pente. » Le mot « antisémitisme » n'a pas été prononcé, mais il est dans tous les esprits. Le message s'adresse aussi au futur successeur de Mathias Vicherat : « Cela devra faire partie de la feuille de route de la prochaine direction, et des principaux objets de la sélection. » Certes, le processus est censé être indépendant, mais « les Français attendent que, lorsque de l'argent public est engagé pour financer des institutions, on garantisse à 200 % que les principes républicains soient respectés, en tout lieu et en tout temps, dans ces institutions ».

Ceux qui auraient souhaité glisser quelques précisions sur les événements de la veille en sont pour leurs frais : le Premier ministre est déjà en train de conclure. « Le devoir m'appelle au Sénat », déclare-t-il avant de quitter la pièce sous les yeux effarés d'une partie de l'assistance… mais aussi sous quelques applaudissements, qu'on s'abstiendra toutefois de faire figurer dans le procès-verbal du conseil, mais que plusieurs témoins me confirmeront par la suite.

Et soudain, comme si le charme venait de se rompre, chacun retrouve ses esprits. Ce garde du corps qui filmait la scène ? Hors de question que cette vidéo finisse sur les réseaux : les membres du CA n'ont pas donné leur autorisation (tiens, il n'y a pas que les étudiants propalestiniens qui s'inquiètent de leur image numérique). On s'assure que la consigne de bloquer toute diffusion sera transmise au Premier ministre – il suffira de passer par Raphaël Charpentier, son conseiller discours, par ailleurs enseignant à Sciences Po et, au moment des faits, président du conseil de la vie étudiante… Pratique. Et puis, avec cette histoire d'article 40, l'école ne risque-t-elle pas de se discréditer en laissant le gouvernement prendre l'avantage ? Ne perd-on pas du temps à vouloir enquêter sur les événements de la veille ? Finalement, Sciences Po transmettra son propre signalement… sans plus de conséquences que celui du gouvernement. Ni l'un ni l'autre ne donnera lieu à des poursuites.

Sur la démarche de Gabriel Attal, cependant, personne n'ose formuler la moindre critique. Le conseil enchaîne, comme si de rien n'était, avec un vote sur la Coopérative Carbone Paris & Métropole. Seule une élue étudiante, Inês, condamne ouvertement l'intervention du Premier ministre, dénonçant « une opération de communication politique inadmissible ». Après coup, d'autres personnes me confieront avoir partagé son indignation, blessées de se sentir ainsi mises en cause par ce réquisitoire contre une prétendue dérive antisémite de l'école, tableau bien éloigné de leur réalité quotidienne. Mais c'est seulement dans les heures et les jours qui suivent qu'un discours de défense des libertés académiques commence à se structurer, d'abord dans les boucles WhatsApp, puis sur la place publique.

Le 19 mars, les doyennes et doyens des écoles, les directrices et directeurs des départements et des labos, ainsi que le directeur de la formation et de la recherche signent avec les élus de la faculté permanente au CA une tribune dans *Mediapart.* « Aux antipodes de ce que veulent suggérer des polémiques récurrentes, notre université participe pleinement à la vitalité de la vie démocratique », assurent-ils, rappelant qu'« aucun responsable politique ne saurait s'arroger le droit de dévaloriser les principes d'indépendance et de libertés académiques ». Une semaine plus tard, c'est le conseil de l'Institut, l'autre organe de gouvernance de l'école, qui adopte à son tour une motion défendant une école libre « de toute pression et ingérence politique ».

Mais l'école des politiques peut-elle vraiment leur échapper ? Six présidents de la Cinquième République sur huit et quinze Premiers ministres sur vingt-sept ont fait leurs classes à Sciences Po. Et comme Gabriel Attal, ces illustres anciens – tous des hommes – n'ont jamais cessé de s'y sentir chez eux. De droite ou de gauche, ils se sont voulus modernes, en phase avec l'époque, et ont salué les réformes d'ouverture de leur école, portées à leur climax sous la direction de Richard Descoings (1996-2012). Mais aucun de ces hommes blancs, persuadés d'incarner la méritocratie sous prétexte que leurs parents n'étaient pas ministres, n'a jamais eu l'intention de renoncer aux privilèges que cette ouverture tant vantée les oblige pourtant à partager.

Percutée par le mouvement #MeToo, l'émergence des revendications identitaires, la polarisation des opinions et l'écho du conflit israélo-palestinien, mais aussi par la montée des difficultés sociales, la précarité alimentaire des étudiants modestes et une concurrence toujours plus féroce à la sortie, bref, rattrapée par la *vraie vie* qu'elle a laissée entrer presque à son insu, l'école tient encore debout, mais sa vieille garde panique.

L'ouverture, c'était bien pour briller dans les classements et envoyer les fils de famille un an à Harvard. Mais si celles et ceux venus d'ailleurs, à qui on a eu la générosité d'ouvrir la porte, commencent à importer leurs problèmes de pauvres, de femmes et d'étrangers dans le cocon feutré de l'école, plus rien ne va.

La tentative haineuse et stupide d'empêcher une étudiante de l'UEJF d'accéder à Boutmy occupé a été le prétexte idéal pour décrédibiliser toute cette nouvelle génération pour qui la mobilisation contre les massacres à Gaza est devenue un étendard. Une génération ni meilleure ni pire que celles qui l'ont précédée, mais plus désespérée. Pour la classe politique qu'elle rejette, il est plus confortable de réduire sa colère à des enfantillages nuisibles que de regarder en face la crise économique permanente, l'anomie géopolitique totale et la catastrophe climatique qu'elle lui laisse en héritage.

***

Quand j'étais élève à Sciences Po, celui que tout le monde adorait détester s'appelait déjà Gabriel Attal. Étudiant brillant dont le CV avait de quoi rendre jaloux les profs, il lui restait quelques progrès à faire en matière d'élections, ayant échoué successivement à celles de la section locale du PS et du Bureau des élèves. Le constitutionnaliste Olivier Duhamel délivrait encore sa leçon inaugurale à chaque nouvelle promotion débarquée rue Saint-Guillaume – la principale institution de son cours d'Institutions politiques, c'était lui. Et Richard Descoings était encore en vie.

Par la suite, malgré un joli diplôme, de bons souvenirs et de précieuses amitiés, je n'ai pas gardé pour Sciences Po d'attachement particulier – ou du moins, pas consciemment. Lorsque j'ai quitté la rue Saint-Guillaume en 2013, je me suis sentie allégée d'un poids énorme. Jamais ailleurs qu'à Sciences Po je n'ai été aussi soucieuse du regard des autres sur mes propos, mon apparence, mes choix, dans une sorte d'hypervigilance sociale épuisante. Cela tenait sans doute à mon âge, mais aussi à l'écrasante splendeur du quartier, à la propension presque comique de certains profs à nous répéter que nous étions l'élite de la nation, et à l'ahurissante assurance des quelques polyglottes enfants d'ambassadeurs, de ministres ou de grands patrons qui, bien que minoritaires, nous donnaient l'impression à tous, nous les autres, d'être les seuls à ne pas en être. (J'écris cela en venant moi-même de la bourgeoisie de province, ayant fréquenté un bon lycée et bénéficiant d'un capital culturel certain – je n'ose imaginer la violence de cette expérience pour des personnes issues de milieux moins privilégiés.)

Rien de tout cela ne m'a empêchée d'étudier, d'apprendre, de m'amuser, ou de nouer des relations qui comptent encore parmi les plus importantes de ma vie. Simplement, lorsque le film s'est arrêté, je n'ai pas du tout eu envie de le revoir. Ça m'allait bien, en fin de compte, de ne pas être l'élite de la nation. Je n'ai jamais adhéré à l'association des alumni, ni cherché à donner un cours. J'ai chéri mes amis, mais négligé mon réseau.

Pourtant, si j'ai accepté la suggestion d'enquêter sur mon ancienne école, c'est bien parce qu'une partie de moi se sentait visée par les discours populistes qui la prenaient pour cible. D'un côté, la caricature d'un temple du wokisme, où de jeunes esprits mal sélectionnés seraient biberonnés à l'islamogauchisme et aux *gender studies* pour mieux déstabiliser la nation de l'intérieur. De l'autre, la vieille rengaine sur la reproduction des élites, qui continue de prétendre que la minorité d'enfants de ministres dont je parlais plus haut résumerait à elle seule une école qui n'aurait d'autre fonction que de garantir la préservation de leurs privilèges.

Si j'ai gardé une certitude sur Sciences Po, c'est que c'est plus compliqué que ça. L'école a-t-elle vraiment changé ? Que regrettent réellement celles et ceux qui, de dîners mondains en tribunes au *Figaro Vox*, assurent ne plus la reconnaître ? Et, à l'autre extrémité du spectre, qu'attendent d'elle celles et ceux qui, de blocages en manifs, la paralysent et la bousculent ? Pourquoi Sciences Po fascine-t-elle à ce point, jusqu'à incarner à la fois le mythe ultime de la méritocratie et le fantasme d'une nation obsédée par ses élites ?

Pour tenter de répondre à ces questions, j'ai mené de longs entretiens aux conclusions parfois contradictoires, et de patientes recherches visant à démêler les faits des opinions, des campagnes politiques et des stratégies de com. Du 27, Saint-Guillaume au 1, Saint-Thomas, en passant par Menton et Reims, j'ai découvert un échantillon de l'élite française, miroir grossissant de ses passions. Entre course à la modernisation et instinct de préservation, fascination pour les États-Unis et phobie de l'américanisation, discours égalitaire et réflexes de caste, Sciences Po cristallise le malaise d'une aristocratie républicaine engagée dans un combat désespéré pour conjurer son propre déclin. Dans un monde où l'organisation de la puissance se recompose plus vite que le renouvellement des générations, comment rester au sommet ? Faut-il « que tout change pour que rien ne change », comme il serait tentant de le conclure en ricanant ? Ou bien peut-on voir au contraire dans cette vieille maison, qui a traversé deux guerres mondiales et connu quatre régimes, le laboratoire où la classe politique française teste ses limites, de révolutions de velours en révoltes de palais, pour se rapprocher, lentement, de l'idéal démocratique qu'elle professe à longueur de Constitutions ?

1

À qui appartient Sciences Po ?

L'École *libre* des sciences politiques, telle est le premier nom de l'institution fondée par Émile Boutmy (l'homme derrière l'amphi), qui se proposait modestement, en 1871, de « refaire une tête de peuple ». Cette tête, par laquelle selon Pierre Poujade et Gabriel Attal le poisson pourrit, est précisément ce qui avait fait défaut, pensait-on, à la France du Second Empire, lamentablement défaite à Sedan. L'Université, jugée sclérosée, avait failli ; un nouveau modèle s'imposait. Boutmy imagine alors une institution privée, qui offrirait aux enfants de l'élite économique une culture politique et administrative à la hauteur des fonctions d'État qu'ils prétendent occuper – non plus seulement par népotisme, mais grâce à leurs compétences. Après quelques années d'errance à travers Saint-Germain-des-Prés, quartier opportunément situé à égale distance des ministères et des facultés, l'école s'installe en 1882 hôtel de Mortemart, 27, rue Saint-Guillaume.

On retrouve cette logique de régénérescence élitaire au sortir de la Seconde Guerre mondiale. L'École libre n'ayant manifestement pas su prévenir l'étrange défaite, il faut, cette fois encore, refonder.

Le 9 octobre 1945, une ordonnance du général de Gaulle acte la naissance des Instituts d'études politiques, censés offrir aux étudiants « une culture politique et administrative générale ». Elle inaugure aussi l'École nationale d'administration, destinée à préparer à la haute fonction publique « des élèves déjà formés, soit par l'enseignement supérieur et notamment par les instituts, soit par des fonctions administratives qu'ils auront exercées auparavant ». Dans l'exposé des motifs, le diagnostic est clair : l'École libre des sciences politiques « n'est guère accessible qu'à des étudiants aisés résidant à Paris ». D'où la nécessité, avec cette ordonnance, de créer des instituts à la fois à Paris et dans le reste du pays, qui dispenseront leur enseignement « avec l'esprit d'indépendance et le désintéressement qui sont le propre de l'Université », et dont les meilleurs élèves seront appelés à rejoindre la nouvelle École nationale d'administration. Ces instituts, précise-t-on, recevront le statut d'établissement public.

Mais leur existence ne reste encore qu'un projet sur le papier, et c'est à Jean-Marcel Jeanneney et Michel Debré, diplômés de l'École libre de Boutmy, que le Gouvernement provisoire confie le soin de leur donner forme. Or, dans un pays qui manque de tout, vouloir créer des établissements à partir de rien alors qu'on trouve rue Saint-Guillaume des locaux, des professeurs et une bibliothèque paraît absurde. Pourquoi reconstruire ailleurs ce qui existe déjà ici ?

Plutôt que de court-circuiter l'École libre en lui opposant une rivale, le gouvernement provisoire choisit de l'intégrer à la réforme : l'École renaît sous le nom d'Institut d'études politiques de Paris, tout en conservant, dans l'usage, son ancien surnom : Sciences Po. Pour échapper à la nationalisation, ardemment souhaitée par les communistes, une Fondation nationale des sciences politiques (FNSP), de droit privé, est créée dans la foulée. Elle gérera le patrimoine de l'établissement, tandis que l'Institut, lui, adopte le statut d'organisme public. C'est d'ailleurs la FNSP qui acquiert l'hôtel de La Meilleraye, 56, rue des Saints-Pères, où s'installe l'École nationale d'administration, partageant son jardin avec l'hôtel de Mortemart. C'est ainsi que, pour des générations d'étudiants, intégrer l'Ena consistera littéralement à « traverser le jardin ».

Symboliquement, le premier IEP de province – comme on dit encore à l'époque – voit le jour en 1945 à Strasbourg, au cœur de l'Alsace tout juste libérée de l'annexion allemande. Grenoble, Lyon, Bordeaux et Toulouse suivront en 1948, Aix-en-Provence en 1956, enfin Rennes et Lille en 1991.

À l'origine, la FNSP finançait des postes de professeurs dans ces IEP. Mais progressivement, au fil des départs en retraite, l'État a repris la main sur les recrutements. En revanche, le président (actuellement, la présidente) de la Fondation reste membre de droit des conseils d'administration de tous ces instituts. René Rémond, président de la FNSP de 1981 à sa mort en 2007, ne manquait jamais d'honorer ce rôle. Le politiste Pierre Mathiot se souvient ainsi que, pour sa première élection à la tête de l'IEP de Lille, début 2007, l'historien de 89 ans avait tenu à faire le déplacement, prenant place à la même table qu'un certain

Gérald Darmanin, alors élu étudiant. Mais cet usage s'est peu à peu éteint avec ses successeurs.

Quant aux IEP de Saint-Germain-en-Laye et Fontainebleau, respectivement fondés en 2013 et 2022, ils n'ont aucun lien avec la FNSP, qui s'est recentrée sur sa raison d'être originelle : l'administration des ressources de Sciences Po Paris.

Dès le départ, le rapport de Sciences Po à l'État est donc ambigu. De droit privé avant 1945, l'école prétend alors former les élites publiques. Et lorsqu'elle devient publique, c'est sous un statut hybride. Cette singularité fera sa force, lui permettant de s'adapter avec souplesse aux évolutions de la société comme aux contraintes économiques, sans avoir à passer par le législateur, comme les universités. Mais elle fait aussi sa faiblesse en temps de crise, lorsque ressurgit la menace de sa mise sous tutelle.

Car, que ce soit dans le registre de la séduction ou dans celui de la reprise en main, nombreux sont les hommes et femmes politiques à faire de Sciences Po une affaire personnelle. D'un côté, l'insolente image d'une institution autonome en dépit des généreux subsides de l'État (même si, rapporté à son budget global, ils ne sont pas si importants). De l'autre, les souvenirs, souvent fondateurs, de leur passage dans les murs. À droite comme à gauche, au gouvernement comme dans l'opposition, et quels que soient leurs dossiers de prédilection, beaucoup ont des idées bien arrêtées lorsqu'il s'agit de la bonne manière de gérer *leur* école.

Mais les politiques ne sont pas les seuls à se sentir dépositaires de Sciences Po. Si l'État peut être tenté de s'y comporter en propriétaire, les deux autres grands contributeurs à son budget ne sont pas en reste. Les mécènes, d'abord, qui menacent de retirer leurs fonds à la première manif un peu trop bruyante. Les étudiants, ensuite, qui estiment qu'au prix auquel ils paient leur scolarité (la plupart ne sont pas boursiers), ils peuvent bien brandir un drapeau palestinien si ça leur fait plaisir.

Des 15 000 lycéens qui, chaque année, tentent leur chance sur Parcoursup, aux anciens élèves prêts à dépenser des milliers d'euros pour voir leur nom inscrit sur un siège de l'amphi, tout le monde veut sa place en Boutmy.

Ajoutons-y, pour faire bonne mesure, les enseignants-chercheurs de la faculté permanente. Ces têtes pensantes de la « tête de peuple » chère à Boutmy, aussi attachées à la liberté académique qu'à l'idée qu'ils se font de l'institution, verraient bien l'école devenir une université comme les autres – sans perdre pour autant ses ressources financières exceptionnelles. En face, les vacataires, ces professionnels qui viennent partager leur expertise dans les fameuses conférences de méthode, défenseurs de l'esprit originel du projet de Boutmy : une grande école d'excellence, dotée d'une forte autonomie, affranchie des contraintes ordinaires de l'Université publique. Plus discrets, les cadres et salariés administratifs, largement mieux dotés que dans le reste de l'enseignement supérieur, et d'une loyauté à toute épreuve.

Tant que tout va bien, la bataille pour Sciences Po reste feutrée. Mais qu'une crise éclate, et aussitôt les appétits s'éveillent, les couteaux s'aiguisent. La succession de Richard Descoings, mort en plein mandat, constitue à cet égard un cas d'école.

2

Remplacer l'irremplaçable Richie

Richard Descoings est mort. C'est un coup de fil de David Azéma, haut cadre de la SNCF, qui en avertit Hervé Crès, directeur adjoint de Sciences Po chargé de la scolarité, ce 3 avril 2012. Il est environ 19 heures à Paris, mais la matinée se termine à peine à New York, où l'emblématique patron de la rue Saint-Guillaume vient d'être retrouvé inanimé dans sa chambre d'hôtel.

Richard Descoings était parti seul aux États-Unis pour participer à une conférence internationale de dirigeants d'université. Guillaume Pepy, le président de la SNCF dont il n'a jamais vraiment cessé de partager la vie, est en déplacement au Canada. Nadia Marik, l'épouse et directrice-adjointe de Richard, en charge de la stratégie à Sciences Po, est restée à Paris. C'est chez elle qu'Hervé Crès, David Azéma et quelques proches – issus de la direction de l'école ou des cercles amicaux du défunt – se retrouvent en catastrophe. Tous sont dévastés : Richard, qu'ils aimaient et qu'ils croyaient insubmersible, n'avait que 53 ans.

Malgré l'émotion, l'urgence de maîtriser la communication s'impose immédiatement. Les circonstances de la crise cardiaque restent floues, les informations filtrent au compte-gouttes, et si la presse s'en mêle avant l'école, c'est la tempête assurée. Problème : la soirée avance, et l'ancien journaliste anglais chargé de la communication de Sciences Po reste injoignable. David Azéma propose alors d'appeler Patrick Ropert, ingénieur devenu dircom de la SNCF. Ropert rejoint le petit groupe, qui se rend rue Saint-Guillaume pour se mettre en ordre de bataille.

« C'est ce soir-là que j'ai découvert ce qu'était un communicant », se souvient Crès, encore impressionné par l'expertise de celui qui, rivé à son fil AFP, a su rédiger le communiqué parfait, mais aussi l'envoyer au moment propice. Il lui reste reconnaissant de l'avoir aidé à surmonter sa tristesse et ses sentiments mêlés vis-à-vis d'un homme qu'il admirait infiniment, mais avec qui les relations s'étaient récemment tendues. Ropert l'aide à écrire le discours qu'Hervé Crès a prévu de lire devant les étudiants le lendemain matin.

L'enjeu est de taille : il faut que la presse relaie avant tout l'émotion des élèves, sans s'attarder sur les conditions de la mort de Richard Descoings. Une nuit blanche plus tard, le discours de Crès est impeccable et l'émotion réelle.

Car, si la stratégie de com est habile, elle n'est pas mensongère. À Sciences Po, ce matin-là, la tristesse l'emporte sur tout le reste. Aussi disproportionné que cela puisse paraître avec le recul, beaucoup d'entre nous, étudiants à l'époque, ont vécu la mort de Richard Descoings comme un deuil personnel. Pourtant, malgré sa proximité affichée avec les jeunes, la grande majorité n'avait jamais échangé plus de cinq mots avec lui durant leur scolarité. Mais Richard Descoings avait, comme nul autre avant lui, incarné l'école.

Conseiller d'État maîtrisant à la perfection les codes de son milieu, mais prenant un plaisir manifeste à les transgresser, il a imprimé sa marque sur plusieurs générations de profs et d'étudiants. Descoings a également su entraîner dans son sillage les grands dirigeants publics et privés qui l'ont soutenu au sein du conseil d'administration, pourtant réputé conservateur. « Ce conseil exerçait sa gouvernance essentiellement en disant oui, se remémore ainsi Louis Schweitzer, ancien PDG de Renault, qui y a longtemps siégé. Mais nous disions oui parce que nous étions convaincus. Descoings avait une séduction, une intelligence, une capacité d'entraînement assez extraordinaires. » Des qualités qui lui ont permis d'entreprendre trois réformes majeures, et controversées.

La plus emblématique restera la mise en place des conventions d'éducation prioritaires avec des lycées classés ZEP, permettant à certains de leurs élèves d'accéder à Sciences Po par une procédure spéciale, au terme d'une préparation prise en charge par leur établissement. « Moi, j'y étais favorable, s'amuse Louis Schweitzer, mais je me souviens qu'aux dîners du Siècle, ça a suscité des beuglements incroyables. » De fait, de nombreux membres de ce club mondain réunissant chaque mois autour d'un bon repas grands patrons, éditorialistes et politiques sont d'anciens élèves de l'école.

Les deux autres chantiers majeurs découlent directement des classements internationaux, dont Descoings avait pressenti l'importance dès le début des années 2000 : le développement de la recherche et l'internationalisation. Pour se positionner dans une course devenue mondiale, il fallait attirer des universitaires vedettes, dont les publications dans les revues les plus prestigieuses boostaient les classements. Et tant pis si certains conseillers d'État ou autres inspecteurs des finances habitués à donner cours en Boutmy, en français bien sûr, ont pu être vexés d'avoir à partager leurs chaires.

À la reconnaissance quasi unanime dont Richard Descoings fait l'objet s'ajoute, dans les mois précédant sa mort, un parfum de scandale. Sa vie amoureuse et son homosexualité, connues dans les couloirs mais ignorées du public, s'étalent dans la presse. Au rayon des révélations, toutefois, c'est surtout celle de son salaire, divulguée par *Mediapart* fin 2011, qui plonge l'école dans la tourmente. Le média d'investigation estime alors sa rémunération à 25 000 euros par mois, auxquels il faut ajouter les primes dont bénéficient les différents membres de la direction – entre 10 000 et 100 000 euros annuels. Par la suite, un rapport de la Cour des comptes indiquera que le salaire brut de Richard Descoings, part variable comprise, s'est élevé à plus de 537 000 euros en 2010. En pleine crise des dettes souveraines, ces largesses passent très mal.

Ce contexte agité complique sa succession, qu'il avait pourtant commencé à organiser – non pas, bien sûr, en prévision de sa mort, mais avec l'idée de prendre la tête du pôle universitaire Sorbonne-Paris-Cité. Cette structure est elle-même une émanation de la course aux classements, dans la foulée de la loi Libertés et responsabilités des universités (LRU) portée par Valérie Pécresse, alors ministre de l'Enseignement supérieur. Pour gagner en visibilité internationale et réaliser des économies d'échelle, les établissements sont incités à se regrouper. Et Descoings compte bien faire partie de l'aventure. Il se voit déjà aux commandes d'un paquebot réunissant Sciences Po, Paris III, Paris V, Paris VII, Paris XIII, l'Inalco, l'École des hautes études en santé publique et l'Institut de physique du globe. Il a donc réfléchi à sa succession, comme l'avaient fait ses prédécesseurs, dans une logique delphinienne parfaitement assumée et qui n'a longtemps dérangé personne.

L'économiste Jean-Claude Casanova, dit « Casa », ancien président de l'assemblée des professeurs puis président du CA de la FNSP, se remémore ainsi la propre nomination de Richard Descoings, lors du départ d'Alain Lancelot en 1996. « Alain Lancelot nous réunit, le président du conseil de direction Michel Pébereau [alors président de la BNP] et moi, et nous dit : – Je suis nommé au Conseil constitutionnel, j'accepte. Il faut un directeur, et j'ai deux possibilités. Descoings (que nous connaissions parce qu'il était son adjoint), ou un président de chambre de la Cour des comptes, plus classique. Et Pébereau et moi lui avons demandé : – Écoute, c'est toi qui connais le mieux la maison. Quelle est ta préférence ? – Ma préférence, c'est Descoings. – Bon, alors, qu'est-ce que tu attends de nous ? – Que vous m'aidiez à le faire nommer. Pébereau est donc allé voir Juppé, qui était Premier ministre, moi, je suis allé voir Bayrou, ministre de l'Éducation, et Lancelot est allé voir Chirac. Comme Descoings avait été dans deux cabinets de gauche, Lang et Charasse, évidemment, il y a eu des grincements de dents. Mais ils ont accepté. Il y avait des élections en interne, mais le choix étant fait, il s'imposait. »

Sur le même modèle, Richard Descoings organise donc le passage de témoin à l'un de ses adjoints. Laurent Bigorgne est un temps pressenti, mais c'est finalement Hervé Crès qui est préparé à prendre la relève. Casanova et Pébereau sont très favorables à ce double docteur en mathématiques appliquées et en économie, normalien, et bien sûr diplômé de Sciences Po, qu'il a retrouvé après avoir enseigné aux États-Unis et à HEC.

Mais Crès a les défauts de ses qualités. Matheux incorruptible, convaincu qu'il ne sera jugé que sur ses résultats, il s'obstine à fuir le calcul politique, au beau milieu d'un théâtre où tout le monde en vit. Bras droit de Descoings dans la conduite de réformes radicales qui bousculent des prés carrés bien établis, il collectionne les ennemis en interne. Son rôle dans l'augmentation considérable des droits de scolarité, couronnant son expérience américaine et son passage à HEC, achève de l'ancrer à droite. Et son profil, très en vogue au temps de la loi LRU, séduit moins au printemps 2012, à la veille du quinquennat de François Hollande. Il ne peut pour autant compter sur un grand soutien du gouvernement sortant. Plusieurs ministres, sentant le vent tourner, ont profité de petits-déjeuners professionnels feutrés pour lui glisser leur envie de faire cours à Sciences Po. Ils écarquillaient les yeux quand ce binoclard aux traits juvéniles leur réclamait un syllabus, à soumettre à son comité du curriculum.

Descoings lui-même, s'il lui a accordé sa confiance, n'est jamais devenu son ami. La rigueur protocolaire de son adjoint, qui s'attachait, lorsqu'il voulait lui parler, à demander une audience à son assistante au lieu de passer par la porte qui reliait leurs bureaux, jurait avec le style impérieux et affectif du directeur. Leurs rapports se sont progressivement compliqués – surtout lorsque les révélations de *Mediapart* ont commencé à torpiller le départ de Descoings vers Sorbonne-Paris-Cité.

Si bien que le statut de dauphin de Crès, encore incontesté quelques mois plus tôt, ne l'est plus du tout au printemps 2012. Entre-temps, un autre nom s'est imposé : celui, justement, de David Azéma – haut fonctionnaire au CV plus éloigné de l'enseignement supérieur, mais qui s'est récemment investi dans le chantier Sorbonne-Paris-Cité et incarne un profil plus conforme aux canons de Sciences Po. C'est d'ailleurs l'une des raisons pour lesquelles il se trouvait, le soir de la mort de Richard Descoings, au cœur de la cellule de crise.

Après le drame, les cartes sont à nouveau rebattues. La FNSP reprend la main. Pour ses membres, la continuité incarnée par Crès offre une perspective rassurante. Car, pour cette assemblée qui a paradoxalement donné sa bénédiction à toutes les révolutions entreprises par Descoings, la continuité est une valeur en soi. À l'époque, le pouvoir est largement verrouillé par les « membres fondateurs » cooptés pour des mandats de dix ans renouvelables. Parmi eux figure Michel Pébereau, également président du conseil de direction, l'autre pilier de gouvernance de l'école. Il y siège depuis 1988 – autrement dit, pour nous qui étions étudiants à Sciences Po au moment de la mort de Descoings, avant notre naissance.

Hervé Crès est proposé comme administrateur provisoire par les conseils et nommé le 5 avril par le chancelier des universités de Paris, alors que Laurent Wauquiez vit ses derniers jours au ministère de l'Enseignement supérieur. Quant au choix du futur directeur, une procédure ouverte est lancée, mais le suspense est limité.

« Il y avait une espèce d'évidence qui m'a franchement agacée », se souvient Christine Musselin, alors directrice du Centre de sociologie des organisations de Sciences Po. « Personne ne s'est demandé : est-ce qu'il n'y aurait pas d'autres profils pertinents ? » Irritée par « tous ces beaux messieurs qui se précipitaient sur le poste », elle décide de se lancer elle aussi.

La procédure ouverte attire de nombreux candidats, mais sent l'improvisation. Les règles ne sont pas claires, les impétrants ignorent s'ils ont le droit de faire campagne auprès des membres du jury. « Je n'avais contacté personne, se souvient Pierre Mathiot, alors directeur de l'IEP de Lille, lui aussi candidat. Avec ma culture d'universitaire, je suis parti du principe que c'était interdit. Ensuite, j'ai appris que certains avaient fait des visites, comme s'ils voulaient se faire élire à l'Académie française. »

Auditionné comme les autres par les comités de sélection, Hervé Crès impressionne par la précision millimétrée de sa candidature. « Il était très au-dessus du lot », se souvient l'un de leurs membres. Rien d'étonnant : il jouait à domicile.

Face à lui, trois finalistes : le politologue Dominique Reynié, figure historique de la maison, Gilles Andréani, magistrat à la Cour des comptes, et Jean-Michel Blanquer, alors directeur général de l'enseignement scolaire (à l'époque, la recherche de la parité n'empêche personne de dormir). Les quatre hommes sont auditionnés durant l'été, mais Crès rafle la mise, et son seul nom est soumis aux deux conseils à l'automne. Entre-temps, cependant, un volumineux caillou est venu gripper la machine.

Le 14 juin, à la veille de la clôture des candidatures, *Le Monde* révèle que la Cour des comptes enquête depuis plusieurs mois sur la gestion de Sciences Po. Rémunérations mirobolantes de la direction, avantages en nature, gouvernance opaque : tout y passe. Du jour au lendemain, la candidature de Crès, adoubée par l'équipe sortante, se retrouve plombée par le soupçon et l'amalgame.

Mais la situation soulève surtout un potentiel conflit d'intérêts pour un autre finaliste : Gilles Andréani, magistrat à la troisième chambre de la Cour, en charge de l'Enseignement supérieur – justement celle qui pilote l'enquête en question. Interrogé, il assure n'avoir joué aucun rôle dans la rédaction du rapport qu'il aurait dû superviser, s'étant « déporté » dès l'annonce de sa candidature.

En juillet, des extraits entiers du rapport provisoire fuitent dans *Le Monde*. Si les primes élevées ne sont pas illégales, leur attribution discrétionnaire, sans vote du CA, est pointée par la juridiction financière. Épinglé aussi : un dîner au Lutetia aux frais de l'établissement, érigé en symbole de son train de vie dispendieux. Mais le clou reste la mission sur la réforme du lycée commandée par Nicolas Sarkozy à Richard Descoings, entièrement financée par la FNSP – en l'occurrence, l'État a surtout tiré profit des caisses de Sciences Po, mais l'épisode est brandi comme la preuve éclatante du non-respect des procédures.

L'affaire enfle, et avec elle l'envie de voir tomber des têtes. Un nouveau gouvernement socialiste est arrivé au pouvoir, porté par la promesse d'une « présidence normale » et d'un redressement budgétaire fondé sur l'annulation des cadeaux fiscaux des années précédentes. Fini, le bling-bling financé par l'argent public. Et pour sonner la fin de la récré, quel meilleur terrain symbolique que Sciences Po ?

Pourtant, ces dépenses, si disproportionnées qu'on les juge, sont en réalité permises par la capacité de l'école à encaisser des ressources propres. Car, si la dotation de l'État a certes augmenté en valeur absolue, le financement public par étudiant, lui, n'a cessé de s'éroder à mesure que les promos grossissaient.

Ces arguments, Sciences Po les met en avant dans sa réponse à la Cour. L'institution indique que Crès, en tant que directeur de la scolarité, ne peut être tenu responsable des rémunérations et autres irrégularités comptables. « Nous avons répondu point par point, se souvient Jean-Claude Casanova. Mais ensuite, au moment de publier, la Cour a ajouté un titre qu'elle ne nous avait pas communiqué : “Sciences Po, une forte ambition, une gestion défaillante”. En principe, c'est au défenseur de parler en dernier. Si j'avais eu connaissance de ce titre, j'aurais intitulé notre réponse “Un rapport inutile et incertain” ! »

Un rapport au contraire très utile, selon Geneviève Fioraso, la nouvelle ministre de l'Enseignement supérieur – qui, soit dit en passant, s'est choisi comme dircab adjoint Emmanuel Giannesini, autre vétéran de la troisième chambre de la Cour des comptes (décidément). Début septembre, elle adresse une lettre à Jean-Claude Casanova, lui intimant de suspendre la procédure de recrutement jusqu'à la publication du rapport dans sa version définitive. De toute façon, sans elle, le processus n'irait pas bien loin. Le directeur est en effet nommé à la tête de l'IEP par le président de la République, sur proposition du conseil de direction, mais il est aussi désigné administrateur de la FNSP par le ministère de l'Enseignement supérieur, sur recommandation du CA.

S'ouvre donc une guerre d'ego entre le gouvernement, soucieux de montrer qui décide, et le binôme Casanova-Pébereau, maîtres en leur royaume, qui digèrent mal que l'exécutif vienne fourrer son nez dans les affaires de Sciences Po – jusqu'alors, leurs propositions avaient toujours été suivies.

Les dirigeants de l'école, déjà ébranlés, peinent à cacher leur exaspération face à ce rapport qui n'en finit plus de fuiter, alimentant une pression médiatique permanente. Le 8 octobre, c'est cette fois la version définitive qui atterrit dans la presse. Aux griefs déjà connus s'ajoute une nouvelle salve : la Cour pointe du doigt les enseignants-chercheurs, dont certains ne consacreraient que 30 % de leur temps à l'enseignement, le reste étant absorbé par la recherche. Dans les journaux, cette répartition jugée trop souple par la Cour devient : « Les enseignants-chercheurs n'assurent que 30 % de leur service, payés à 100 %. » Ironie du sort : Crès s'était justement heurté à Jean-Paul Fitoussi, l'éminent prof d'économie de Sciences Po, en voulant relever le volume de cours assuré par les professeurs. Mais pour ses détracteurs, désireux de sortir les sortants, il devient le coupable idéal de la prétendue oisiveté de ses collègues – car, bien sûr, la recherche n'est pas du travail.

L'écart de perception entre les barons des deux conseils de Sciences Po et le monde extérieur atteint alors des sommets. Pour Casanova et Pébereau, le rapport est, de fait, déjà publié, et rien de ce qui est reproché à l'école n'est imputable à Crès. Selon eux, plus rien ne justifie donc de bloquer son élection. Côté ministère, en revanche, « sortie du rapport » signifie publication officielle, attendue pour fin novembre. Quant à l'innocence de Crès, elle reste, pour une partie de l'opinion, encore à démontrer.

« Et là, nous avons fait une sottise, reconnaît Louis Schweitzer. Nous avons considéré que les usages universitaires étant ce qu'ils sont, même si la décision relevait du gouvernement, l'avis du conseil à peu près unanime ne pouvait qu'être suivi. » Le 29 octobre, le CA se réunit donc pour élire Hervé Crès – non sans avoir préalablement débattu sur l'opportunité de décaler cette élection à la publication du rapport, le 22 novembre. Le maintien du scrutin est approuvé par 18 voix sur 30, et Crès est élu par 20 des 30 administrateurs, à bulletins secrets.

Le lendemain, le conseil de direction donne lieu au même ballet, mais le débat est nettement plus tendu. Fait rare : le recteur de Paris, qui siège de droit mais délègue d'ordinaire un représentant, se déplace cette fois en personne pour déplorer le refus d'attendre la publication. Plusieurs élus étudiants et enseignants lui emboîtent le pas : ils craignent d'engager avec l'État un bras de fer qu'ils savent, à la différence des anciens, perdu d'avance.

D'autres membres du conseil – dont un candidat recalé – profitent de l'occasion pour vider leur sac. Non pas contre le directeur proposé, mais contre un processus de sélection bricolé à la va-vite et dans l'opacité. Ils dénoncent des projets de candidats transmis au compte-gouttes et s'indignent que ceux écartés de la dernière short list n'aient même pas eu droit à un mot d'explication.

Du bout des lèvres, un membre du comité de sélection admet que le processus a montré des limites et qu'il faudra, à l'avenir, le baliser plus clairement. Il avance même l'idée d'une mission internationale pour s'inspirer des pratiques des grandes universités étrangères – car, visiblement, il faut aller voir à l'étranger pour découvrir qu'on peut, par exemple, envoyer un simple mail aux candidats éliminés.

Finalement, le maintien du scrutin est décidé à une très courte majorité, de 15 voix sur 29. Avant de procéder à l'élection, plusieurs membres annoncent qu'ils voteront blanc, non pas contre le candidat, mais pour marquer leur désaccord avec une procédure jugée bancale. Résultat : Hervé Crès est élu par 13 voix pour, 3 contre et 12 abstentions.

Renforcé par ces chiffres ne relevant pas du plébiscite, le ministère campe sur sa position : pas de nomination avant la publication du rapport. Entre-temps, la crise s'enlise à Sciences Po, où une motion des personnels réclame la tête de Casanova et Pébereau.

L'enquête de la Cour, dont la quasi-totalité des éléments a déjà fuité, est enfin rendue publique le 22 novembre. Verdict : des coûts jugés démesurés, un triplement des frais de scolarité pointé du doigt et un soutien financier de l'État constamment renouvelé (sans que la Cour le rapporte au nombre croissant d'étudiants). Ce soutien, plus élevé en valeur absolue que pour d'autres établissements d'enseignement supérieur, découle d'arrangements exceptionnels négociés directement à Matignon ou à l'Élysée. On pourrait naïvement penser que la responsabilité d'un tel système incombe au moins autant, sinon davantage, à l'exécutif de l'époque qu'à Sciences Po – mais c'est de l'école que l'on instruit le procès. Autre grief : un emprunt aventureux de 15 millions d'euros, contracté par la FNSP auprès de Dexia sans même consulter le conseil d'administration.

Dans un second temps, la Cour s'attaque aux irrégularités comptables liées aux salaires des dirigeants, mais aussi à ceux de certains enseignants-chercheurs, rémunérés pour « aligner » Sciences Po sur le marché des grandes universités internationales. Elle dénonce l'attribution de primes au cas par cas et des charges de cours allégées pour quelques universitaires privilégiés.

Au fond, ce qui ressort du rapport, en écho d'ailleurs à la procédure de sélection du nouveau directeur, c'est l'absence de transparence et de validation collégiale des différentes décisions, de l'enveloppe annuelle de l'État aux prêts bancaires contractés, en passant par les primes des enseignants et celles des dirigeants. Une gouvernance marquée par l'aventurisme de Richard Descoings, dont la Cour souligne par ailleurs le bilan exceptionnel en termes d'attractivité, d'internationalisation et d'ouverture sociale. Le respect des procédures n'était, de toute évidence, pas son fort. Les recommandations des magistrats financiers devaient justement offrir à son successeur l'occasion de tourner la page de l'aventure pour entrer dans l'ère de la consolidation.

À quoi bon vouloir désigner des coupables, quand l'architecte en chef de ce système chaotique – et, paradoxalement, du succès qu'il a rendu possible – est mort depuis sept mois ? La troisième chambre le sait : elle ne le traînera plus jamais devant un tribunal. Qu'importe, elle annonce quand même la saisine de la Cour de discipline budgétaire et financière.

Trois ans plus tard, le couperet tombe : Jean-Claude Casanova écope de 1 500 euros d'amende pour défaut de consultation du CA dans l'attribution des primes. Tous les autres membres de la direction seront mis hors de cause.

Mais entre-temps, le climat de suspicion généralisée entretenu par ce feuilleton aura eu raison de la candidature d'Hervé Crès. Quelques heures après la publication du rapport, la ministre Geneviève Fioraso déclare au *Monde* qu'« au vu des dysfonctionnements relevés », « les conditions ne sont pas réunies pour procéder à sa nomination ». Au passage, Crès découvre dans la presse qu'il est également écarté de son poste d'administrateur provisoire. Une semaine plus tard, le rectorat nomme Jean Gaeremynck, conseiller d'État et camarade de promo de François Hollande à l'Ena, pour le remplacer et relancer « une procédure ouverte et transparente ». On recommence tout à zéro.

Le même jour, le sociologue Bruno Latour, alors directeur scientifique de Sciences Po et figure clé du développement de la recherche dans l'institution, publie une tribune intitulée « La deuxième mort de Richard Descoings ». Il y étrille « les fins limiers de la Cour des comptes » coupables, selon lui, de n'avoir déterré que « des décharges de cours mal suivies par la direction » – maigre butin pour tant de bruit. « Mort une première fois le 3 avril 2012, écrit-il, Richard Descoings est mort une deuxième fois le 22 novembre, mais, cette fois-ci, c'est un assassinat. Et comme dans l'un de ces rituels barbares qui plaisent tant aux badauds, on a jeté dans sa fosse l'une des personnes les mieux qualifiées pour lui succéder. Hervé Crès, puisque c'est lui dont on sacrifie la réputation, était le seul qui avait commencé à lui apporter la contradiction. »

Avec le recul, le processus de sélection engagé après la mort de Richard Descoings apparaît terriblement daté. Les faux-semblants d'ouverture affichés par les deux conseils n'ont fait qu'envenimer la situation : ils ont suscité chez les candidats extérieurs une attente légitime de transparence et de règles claires – espoir aussitôt sacrifié sur l'autel des petits arrangements internes.

Mais Hervé Crès n'est pas responsable des conditions dans lesquelles il a été élu. Et lorsqu'on observe la succession d'énarques sans expérience de l'enseignement supérieur qui ont ensuite défilé à la tête de l'école, on peut légitimement se demander si ses détracteurs ne se sont pas trompés de combat.

Parce qu'il était le poulain de Pébereau et de Casanova, Crès a été perçu comme le candidat de l'ancien monde et de l'entre-soi. Mais où est vraiment l'entre-soi ? Du côté d'un prof expérimenté, chercheur reconnu par ses pairs, bien inséré dans l'écosystème scientifique international et fort d'un bilan incontestable à la direction de la scolarité ? Ou du côté d'un gouvernement qui piétine à la fois l'autonomie de l'établissement et la présomption d'innocence, main dans la main avec une Cour des comptes dont est issu le nouveau président la République, et dont certains membres sont directement impliqués dans la sélection ?

Une douzaine d'années avant l'irruption de Gabriel Attal au CA, le refus du gouvernement socialiste de nommer Hervé Crès en disait déjà long : chaque crise à Sciences Po devient pour le pouvoir l'occasion rêvée de reprendre la main. Droite, gauche ou prétendue « ni droite ni gauche », dès qu'il s'agit de leur *alma mater*, les dirigeants français savent oublier leurs grands principes de liberté académique.

Les conseils ont compris le message. Élire un prof ? Plus jamais ça !

3

Les bons conseils du Conseil d'État

« Le gouvernement ayant refusé Crès, je suis allé trouver le vice-président du Conseil d'État, raconte Jean-Claude Casanova. Je lui ai dit : je n'ai plus personne dans la maison. Qui me proposez-vous ? Il me parle de quelqu'un de très bien, major de l'Ena, ancien normalien, qui a été quatre ans à Sciences Po. Je le vois, il est distingué, il est intelligent. Il est parfait. »

Ce gendre idéal, c'est Frédéric Mion. Dans les années 1990, il a fait ses premières armes au Conseil d'État tout en jouant les chargés de mission pour Richard Descoings – et en assurant, au passage, quelques conférences de méthode en droit public à Sciences Po.

Il se laisse tenter par le job, mais garde sa candidature secrète, comme une bonne partie de la trentaine de prétendants à cette nouvelle « procédure ouverte ». Crès, lui, tente à nouveau sa chance : ne pas postuler serait admettre une faute qu'il conteste. Son projet, pourtant solide et riche d'une centaine de pages, est balayé par le comité de sélection, qui tranche : « En raison des positions indiquées et confirmées par les pouvoirs publics », sa candidature ne peut être retenue, « en dépit de la qualité exceptionnelle de son dossier ».

Six autres candidats passent le premier tour : Christine Musselin et Jean-Michel Blanquer, eux aussi de retour dans la course ; l'économiste Jean Pisani-Ferry ; Louis Vogel, ex-président d'Assas ; Frédéric Mion, donc, qui exige que son anonymat soit maintenu, attisant les rumeurs autour d'un « candidat mystère » ; et, plus inattendu, Andrew Wachtel, professeur américain de langues slaves et directeur de l'*American University of Central Asia*, sise à Bichkek, Kirghizstan.

À l'issue des auditions, Frédéric Mion ne recueille que des avis favorables, tandis qu'Andrew Wachtel et Louis Vogel se qualifient avec 5 voix sur 8. Les autres sont éliminés.

En découvrant que le « candidat mystère » n'est autre que Mion, et qu'il fait l'unanimité, Louis Vogel jette l'éponge. « Moi, je suis professeur agrégé, ancien président d'université, mais j'aurai beau tout faire, je ne serai jamais énarque, normalien, ou directeur dans un ministère ! explique-t-il alors à *L'Express*. Je viens d'un autre monde, je n'ai pas ma place ici. »

Après son abandon, le comité s'interroge : ne valait-il pas mieux garder secrets les scores des finalistes ? (Trop tard pour diligenter une mission internationale sur l'art de ménager les ego des perdants…) Embarrassé à l'idée de n'avoir plus qu'un duel à trancher, le comité de direction bricole un suspense de secours en repêchant donc Blanquer pour meubler les auditions.

Excédés par ce nouveau feuilleton dont ils apprennent les rebondissements dans la presse, les étudiants décident d'occuper Boutmy. Leur exigence : plus de transparence et un débat public entre les candidats. Officiellement, personne ne le leur refuse ; officieusement, tout est fait pour que ce débat n'ait jamais lieu. Le 28 février au soir, la question refait surface lors du grand oral devant le conseil de direction. Les représentants de l'Unef interpellent Blanquer et Mion. Blanquer se dit partant – preuve, pour les étudiants, qu'il a le courage de la confrontation. Mion refuse – preuve, pour le conseil, qu'il a le courage de déplaire aux étudiants.

Austère enseignant-chercheur en droit, Blanquer revendique à la fois le sens du service public et la culture entrepreneuriale. Pour preuve, il brandit son bilan à la tête de l'Institut des hautes études de l'Amérique latine, qu'il a dirigé au tournant des années 2000. Seule touche de fantaisie : il propose de piétonniser la rue Saint-Guillaume, histoire d'insuffler un vrai esprit campus.

Mion se montre plus doux, dans un style « je vous ai compris » que soulignera plus tard une membre du conseil. Conscient d'incarner la reproduction des élites, il assure, pour tempérer cette impression, qu'il doute que ses parents comprendraient ce qu'il fait dans cette salle (son père étant prof de médecine, on se permet de douter de son doute).

Quant à Andrew Wachtel, il défend dans un français méritoire mais pas totalement fluide ses résultats à la tête de l'université américaine au Kirghizstan. Il explique fièrement avoir levé en trois ans 25 millions de dollars dans une économie « de la taille de Saint-Malo ». Et confesse qu'il en a assez de travailler tous les jours « à partir de rien ». Estimant que les difficultés ne sauraient être plus insurmontables à Paris qu'à Bichkek, il se sent prêt à diriger Sciences Po.

Avant l'ouverture des délibérations, l'administrateur provisoire, Jean Gaeremynck, déroule les louanges de son collègue du Conseil d'État : « Le sentiment partagé des membres du comité de recherche, en tout cas à la grande majorité d'entre eux, est que Frédéric Mion est pourvu d'une personnalité exceptionnelle, capable d'incarner l'Institut, tout en bénéficiant d'une connaissance fine et avérée des relations avec l'administration, avec le gouvernement, et avec les acteurs de secteur privé. » Pour Wachtel, Gaeremynck se montre plus laconique : il a fait « bonne impression » ; son profil pourrait être un atout pour le développement international de Sciences Po. Quant à Blanquer, il justifie son éviction de la précédente sélection en rappelant qu'il a « surtout exercé des responsabilités de gestion administrative, avec une pratique d'indépendance moins marquée que les autres personnalités ».

De nombreux membres du conseil s'étonnent de cette short list – en particulier du choix « surréaliste » d'Andrew Wachtel, jugé sympathique mais peu crédible. Gaspard Gantzer, présent en tant qu'élu enseignant, finit par poser la question qui fâche : Wachtel est-il là pour écarter d'autres candidats, ce qui serait inacceptable, ou pour jouer le faire-valoir, ce qui serait déplaisant ? En revanche, plusieurs se réjouissent d'avoir pu repêcher Blanquer et se demandent toujours pourquoi son nom avait disparu de la liste au départ.

Beaucoup confient leur hésitation entre Mion et Blanquer, admettant être face à un choix de personnalité beaucoup plus que de programme. D'un côté, un élégant personnage proustien au verbe suranné, haut fonctionnaire pas toujours au fait du détail des dossiers, mais prêt à s'appuyer sur l'expertise interne, visiblement peu tenté par l'autoritarisme. De l'autre, un universitaire au projet plus solide, mais aussi plus affirmé, dont ils doutent de la capacité à dialoguer. Le débat traîne en longueur. Quand une pause est enfin décrétée, les rares convaincus ne lâchent pas prise : ils filent aux toilettes derrière les indécis pour vanter, encore et encore, les mérites de leur favori.

Jusqu'au dernier tour de table, aucune majorité ne se dessine. Fait piquant, au vu du parcours politique ultérieur de Jean-Michel Blanquer : ce jour-là, plusieurs figures de gauche choisissent de le soutenir. Raphaëlle Rémy-Leleu, alors élue Unef, explique par exemple qu'il n'est certes pas le candidat idéal, que certains points de son projet posent même problème, mais que c'est encore le plus convaincant. Même logique chez Nadège Abomangoli, qui siège en tant que représentante du Conseil régional d'Île-de-France.

Plus de deux heures après l'ouverture de la séance, le vote finit par tomber. Jean-Michel Blanquer récolte 14 voix, Frédéric Mion, 15.

Le conseil se sépare dans un climat tendu, tandis qu'en Boutmy, la colère étudiante ne faiblit pas. Le lendemain matin, une partie des manifestants tente de bloquer la tenue du conseil d'administration de la FNSP, censé entériner à son tour la décision. Conscients des risques de blocage du 13, rue de l'Université, ses organisateurs improvisent un repli au 28, rue de Saints-Pères, mais les étudiants flairent la manœuvre. Pancartes en main, ils réclament la tête de

« Casa », tenu pour responsable de l'opacité des procédures, et empêchent plusieurs membres du conseil, parmi lesquels l'académicienne Hélène Carrère d'Encausse et Nathalie Loiseau, directrice de l'Ena, d'accéder au bâtiment.

Désireux d'en finir, et fort du verdict de la veille, les membres du CA de la FNSP tranchent après d'interminables échanges : ils ne mettront aux voix que la candidature de Mion, les autres noms ne seront considérés qu'en cas d'échec. Mion rafle 24 suffrages sur 29. « On ne voulait pas de Blanquer, conclut Jean-Claude Casanova, parce que ce n'était pas vraiment Sciences Po. »

Après une longue année de crise s'ouvre pour l'école une précieuse accalmie. Fidèle à ses promesses, Frédéric Mion se retrousse les manches, mise sur les talents internes et rétablit peu à peu la confiance. Il éteint les polémiques sur le train de vie de l'institution par quelques gestes symboliques : exit le chauffeur, gel de son salaire voté chaque année. Les profs, eux, ignorent s'il lit leurs livres ou se fait faire des fiches à leur sujet, mais apprécient qu'il soit capable d'en parler, sans se montrer pour autant interventionniste dans la politique scientifique. Celle-ci est confiée à Christine Musselin, sa rivale malheureuse à la tête de l'établissement, avec qui il mène une fructueuse collaboration. De manière générale, il nomme de nombreuses femmes à des postes clés, rompant avec le comex presque exclusivement masculin de l'ère des « Descoings boys ».

Il s'attaque enfin à la réforme des statuts, pour éviter qu'une nouvelle crise ne plonge l'école dans la stupeur comme après la mort de son prédécesseur. Désormais, tout est balisé : une commission claire pour sélectionner les candidats, un mode de scrutin précis pour les deux conseils. Le conseil de direction est rebaptisé conseil de l'Institut et se dote d'une composition plus proche des standards universitaires. Des élus étudiants et enseignants, ainsi qu'un représentant des anciens élèves, font leur entrée au CA de la FNSP. Un conseil scientifique et un conseil de la vie étudiante viennent compléter le dispositif.

Quant au projet Sorbonne-Paris-Cité, ingérable sans la folie douce de Richard Descoings, il fait long feu, retoqué par le jury chargé de l'évaluer à mi-parcours. Il renaîtra plus tard sous la bannière de l'université Paris Cité, ne regroupant plus « que » Paris V, Paris VII et l'Institut de physique du globe. Mais Frédéric Mion garde du projet une idée phare : racheter l'hôtel de l'Artillerie, place Saint-Thomas-d'Aquin, à cinq minutes à pied de la rue Saint-Guillaume. Richard Descoings rêvait d'y loger le « collège » commun du futur pôle ; son successeur en fait un nouveau campus pour Sciences Po – son grand œuvre et la marque de ses deux mandats.

Frédéric Mion n'a pas l'aura de son prédécesseur, dont il consolide patiemment l'héritage, mais l'école ne s'en porte pas plus mal – beaucoup affirment même qu'elle s'en porte mieux.

Lorsqu'en 2016, le constitutionnaliste Olivier Duhamel succède à Jean-Claude Casanova à la tête de la FNSP, le quotidien de Sciences Po n'est en rien chamboulé. Certes, le nouveau président est plus médiatique, plus impliqué aussi : il anime le 27, organise une nuit américaine pour les élections aux États-Unis, lance un prix de la photo politique. Si de nombreux interlocuteurs m'ont affirmé, avec l'assurance tranquille qu'offre le recul, qu'ils ne l'ont « jamais senti », aucun ne se doute alors qu'il s'apprête à précipiter la Péniche dans une nouvelle tempête.

4

La chute d'Olivier Duhamel

– Olivier Duhamel veut écrire un livre sur sa famille.

La phrase tombe, presque en passant, lâchée par Aurélie Filippetti, ex-ministre de la Culture devenue prof à Sciences Po, au détour d'un déjeuner. Elle fait sursauter son interlocutrice, qui connaît trop bien la « famille » en question.

– Mais… Il va tout dire ?

– Comment ça, tout ?

C'est sur ce quiproquo que l'ancienne députée socialiste découvre, début 2018, l'existence de la rumeur accusant le président de la FNSP de viols répétés sur son beau-fils. Choc, sidération, colère. Olivier Duhamel, qu'Aurélie Filippetti côtoie depuis une quinzaine d'années sans le compter parmi ses proches, ne lui avait jusqu'alors inspiré qu'une méfiance diffuse, liée à son rapport au pouvoir – un malaise partagé par beaucoup de ceux qui l'ont fréquenté. Jamais elle n'aurait cru ça possible : lui, accusé de l'impensable. L'inquiétude qui la saisit est d'autant plus vive qu'Olivier Duhamel continue de séduire et d'influencer chaque nouvelle promotion de Sciences Po, toujours omniprésent dans la vie de l'école.

Un an plus tôt, le constitutionnaliste a perdu son épouse, la politologue Évelyne Pisier. Pendant des années, le secret avait été tenu, par souci de la protéger, disent certains. Sa mort a libéré la parole sur les accusations d'inceste visant Olivier Duhamel. La victime, l'un des fils qu'Évelyne Pisier avait eus avec son premier mari, le médecin et ancien ministre Bernard Kouchner, n'a jamais porté plainte, désireux de tenir ce drame à distance pour se construire une vie. À la fin des années 2000, poussé par son frère et sa sœur, il finit par tout raconter à leur mère, pour éviter que les enfants de la fratrie ne subissent le même sort. Elle minimise. Ni les supplications de sa propre sœur, la comédienne Marie-France Pisier, qui l'exhorte à partir et commence à prévenir leur entourage, ni la rumeur persistante ne la feront changer d'avis. Évelyne Pisier restera aux côtés d'Olivier Duhamel jusqu'à sa mort, en 2017.

Pour Aurélie Filippetti, la question n'est pas de savoir si la bombe explosera, mais quand. Elle s'inquiète pour la sécurité des étudiants et craint que toute l'institution n'en sorte salie. Mais que faire de propos rapportés dont on n'a pas la preuve ? Elle consulte un pénaliste. Les crimes sont prescrits, lui explique-t-il, et en l'absence de risque imminent de récidive, un article 40 serait inutile. Elle se tourne alors vers Janine Mossuz-Lavau, politologue maison et proche du couple Duhamel-Pisier depuis les années 1970. Mossuz-Lavau confirme : tout est vrai. Filippetti décide alors d'alerter Frédéric Mion. Quelques jours plus tard, elle l'invite à déjeuner.

Le directeur vient tout juste d'être reconduit pour cinq ans à la tête de Sciences Po, fort de l'appui stratégique d'Olivier Duhamel. Ébranlé par ces révélations, il fait le lien avec l'atmosphère étrange qu'il avait observée, un an plus tôt, aux obsèques d'Évelyne Pisier : les enfants de Bernard Kouchner à l'écart, fuyant leur beau-père. Il promet qu'il ne restera pas sans réagir et envisage de solliciter Marc Guillaume, membre du CA et proche de Duhamel.

Ce conseiller d'État avait été coopté à la FNSP fin 2012, après le décès de Jacques Rigaud. Lors de son entrée au conseil, en janvier 2013, il avait raillé l'« originalité » de nommer « un homme dans une institution », allusion grinçante aux critères de parité désormais brandis à tout propos. À l'époque, le recrutement du directeur venait pourtant de produire, à deux reprises, une short list 100 % masculine – on ne se lasse pas de constater combien l'hydre féministe, fût-elle imaginaire, continue d'inquiéter certains esprits.

La première décision sur laquelle Marc Guillaume a dû se prononcer fut l'élection de Frédéric Mion. Il défendit sa cause avec un enthousiasme inspiré, saluant son « extrême équanimité », les « qualités de dialogue absolument éminentes » de cet « être humain de caractère vraiment au-dessus du lot » (n'en jetez plus). Marc Guillaume lui a ensuite apporté un soutien sans faille, restant fidèle à son siège au CA malgré une carrière qui prenait de l'ampleur : en 2015, à l'issue d'un parcours sans faute, il devient secrétaire général du gouvernement. Guillaume reste à ce poste après l'arrivée d'Emmanuel Macron en 2017. En ce début d'année 2018, il travaille donc pour l'exécutif d'Édouard Philippe, autre conseiller d'État et grand ami de Frédéric Mion, qu'il a d'ailleurs choisi pour parrain de l'un de ses enfants. Quel intérêt de mettre Marc Guillaume dans la boucle, s'interroge Aurélie Filippetti ? Elle n'en sait rien, mais fait confiance au directeur. Ensuite, pendant des années, elle n'entendra plus parler de l'affaire à Sciences Po.

Olivier Duhamel reste en place, imperturbable et souverain, sans soupçonner ce qui se murmure derrière son dos. À la rentrée 2020, il s'offre même une leçon inaugurale 2.0, diffusée en direct sur YouTube. « Vous êtes entre de très bonnes mains, assure aux étudiants Frédéric Mion, qui ouvre la conférence : celles du président de la Fondation nationale des sciences politiques, du professeur Olivier Duhamel, que je m'honore à considérer comme un maître, et surtout comme un ami. »

Quatre mois plus tard, un dimanche soir de janvier, son « maître et ami » Duhamel lui annonce brutalement la déflagration imminente : Ariane Chemin, journaliste au *Monde*, s'apprête à révéler l'existence d'un livre signé Camille Kouchner – sa belle-fille – l'accusant d'inceste sur son frère jumeau – son beau-fils.

Sciences Po est encore en vacances, ce lundi 4 janvier 2021, quand les membres du CA, puis toute la communauté académique, reçoivent le courriel de Duhamel. « Étant l'objet d'attaques personnelles, et désireux de préserver les institutions dans lesquelles je travaille, je mets fin à ma fonction de président de la FNSP. » Quelques minutes plus tard, l'article d'Ariane Chemin est en ligne. Il retrace la tragédie racontée dans *La Familia grande*, le récit de Camille Kouchner à paraître en fin de semaine. Son frère jumeau livre au *Monde* son seul commentaire public : « Je vous confirme que ce que ma sœur a écrit à propos des agissements d'Olivier Duhamel à mon égard est exact. »

« Je vous l'avais dit », répète Aurélie Filippetti à son entourage. Au fil des mois, elle avait mis plusieurs proches dans la confidence. Frédéric Mion l'admet en privé, mais s'inquiète de savoir si elle a parlé publiquement ou a l'intention de le faire. En revanche, son amie Ariane Chemin s'étonne : elle est sûre qu'Aurélie Filippetti ne lui a jamais raconté cette histoire, qu'elle découvre en lisant le livre de Camille Kouchner. En réalité, l'ancienne ministre en avait parlé, à titre personnel, à une autre journaliste du *Monde*, qui le confirme à Ariane Chemin. Celle-ci s'empresse alors de vérifier si la direction de Sciences Po avait été informée à l'époque, et s'attache ensuite à convaincre Aurélie Filippetti de témoigner.

En pleine deuxième vague de Covid-19, les étudiants, plus ou moins confinés à des centaines de kilomètres les uns des autres, partagent leur surprise, leur dégoût et leurs questions par écrans interposés. Le mardi 5 janvier, un mail du directeur Frédéric Mion tombe dans leur boîte. « C'est avec stupeur », affirme-t-il, qu'il a pris connaissance de l'affaire dans la presse.

Le soir même, au bout du fil, Mion promet à Filippetti qu'il endossera tout. Après leur déjeuner, raconte-t-il, il avait fini par contacter un ami avocat de Duhamel, qui l'avait rassuré : de simples rumeurs malveillantes, rien de plus. Il l'a cru, et l'affaire en est restée là. Contrairement à ce qu'il envisageait, jure-t-il, il n'a jamais sollicité Marc Guillaume, et demande à Filipetti ne pas en parler aux médias. Trop tard : elle a déjà raconté leur déjeuner de 2018 à son amie Ariane Chemin.

Dès le lendemain, la journaliste du *Monde* appelle Marc Guillaume. L'énarque botte en touche : il ne confirme ni n'infirme avoir été alerté par Frédéric Mion en 2018, et se borne à dire qu'il ignorait tout des accusations visant Duhamel. Elle tente ensuite de joindre Frédéric Mion. Le patron de Sciences Po ne décroche pas. Prévenu par un appel de Marc Guillaume, il finit par la rappeler. Comme la veille avec Filippetti, il lui assure n'avoir parlé qu'à l'ami avocat de Duhamel. Cet ami avocat, qui l'a endormi, dit-il, c'est Jean Veil. Ancien associé de Duhamel, il est surtout le fils de Simone Veil, ancienne élève et figure tutélaire de Sciences Po – un amphi a récemment été inauguré à son nom.

Peu avant 22 heures, le site du *Monde* révèle ce que beaucoup soupçonnaient : Frédéric Mion savait. Une heure plus tard, l'Unef exige sa démission. Le syndicat Solidaires lui emboîte le pas, fustigeant l'omerta à Sciences Po. Vers une heure du matin, le responsable de la vie étudiante essaie d'éteindre l'incendie : il appelle le président de l'Unef, plaide que Mion n'est qu'un « être humain qui a commis une erreur », pris dans une manœuvre de déstabilisation. En vain : les syndicats maintiennent leur appel au blocus pour le lendemain matin.

Entre vacances et pandémie, rassembler quelques poignées d'étudiants pour bloquer l'entrée du 27 est une performance. À l'ouverture des librairies, les manifestants lâchent tour à tour la barricade : le livre sort ce jour-là, chacun court l'acheter avant de reprendre son poste. 18 h 15 : élèves et profs, d'ordinaire plutôt branchés sur France Inter, basculent sur RTL – Aurélie Filippetti est l'invitée de Thomas Sotto.

Juste avant d'entrer en plateau, elle reçoit un SMS de Frédéric Mion, anxieux : va-t-elle parler ? Le visage fermé, les traits tirés, elle raconte en direct l'avoir prévenu des années plus tôt. Aurélie Filippetti laisse entendre que Mion, après l'avoir crue sur le moment, a sans doute changé d'avis en écoutant Jean Veil.

Le nom de Marc Guillaume ne sort que quatre jours plus tard, à nouveau dans *Le Monde*. Malgré les coups de fil répétés de la journaliste Ariane Chemin, il reste muet sur un éventuel signalement par Mion, tout en affirmant qu'il ignorait tout de l'accusation d'inceste. Quant au directeur, il assure ne lui avoir jamais rien dit : « Un secrétaire général du gouvernement n'est pas chargé de la prévention des crimes sexuels. »

Le 13 janvier 2021, pourtant, l'ancien secrétaire général du gouvernement, devenu depuis préfet d'Île-de-France, claque la porte de toutes les instances où il côtoyait Duhamel. Marc Guillaume quitte la FNSP, la revue *Pouvoirs*, et enfin les dîners du Siècle que le constitutionnaliste présidait.

Le lendemain, la ministre de l'Enseignement supérieur et de la recherche Frédérique Vidal confie une mission à l'Inspection générale de l'éducation, du sport et de la recherche (IGÉSR). Le lancement des auditions ramène un calme relatif. Chacun attend les conclusions du rapport et tente de reprendre le fil de ses activités habituelles.

Pour ma part, je me souviens avoir tenté de garder cette affaire à distance. En janvier 2021, je travaillais pour une émission d'actualité internationale. L'assaut des partisans de Donald Trump contre le Capitole, survenu la même semaine, a éclipsé dans mes revues de presse la disgrâce de mon vieux prof de droit constit.

J'avais gardé un souvenir assez vif de mes cours magistraux de première année, surtout celui de Duhamel en

Boutmy. Pour nous, gamins de 18 ans, tout était marquant : le grand amphi, la nouveauté de la discipline (personne n'avait fait de droit constit au lycée), le prof vu à la télé… Je n'avais pour lui aucun attachement particulier, mais il avait ce côté rassurant des éléments de décor indéboulonnables – comme Gérard Depardieu dans le cinéma français –, et j'étais écœurée de découvrir, une fois encore, l'envers sordide du décor. Quelques semaines plus tard, les accusations de viol contre PPDA viendraient encore rallonger la liste de nos repères fracassés.

Je n'ai ouvert le livre de Camille Kouchner que bien plus tard. Outre la cruauté du drame qu'elle révèle, j'en retiens l'analyse clinique de l'implacable instauration du silence, entre déni, terreur et culpabilité. Camille Kouchner dissèque avec une méticulosité de chirurgienne le pouvoir de la peur – à la fois celle des représailles d'un adversaire puissant, mais aussi celle de blesser tous ceux pour qui la vérité serait insupportable. Et, plus insidieuse encore, dans le deuxième cercle de Duhamel, cette peur plus lâche : celle de voir s'effondrer le maître d'un système dont on bénéficie, et qui a eu le talent de faire croire qu'on en bénéficiait grâce à lui. Car, à Sciences Po comme à Sanary, la villégiature varoise où se déroule une partie du récit de Camille Kouchner, Olivier Duhamel n'avait pas son pareil pour rappeler, mine de rien, que chacun lui devait quelque chose. Et quand c'est le président du Siècle qui vous le fait comprendre, on se persuade vite qu'il dit vrai.

Cette atmosphère de féodalité diffuse a protégé, rue Saint-Guillaume, le secret des accusations qui pesaient sur lui. Parler d'omerta serait pourtant un contresens : cela supposerait un silence partagé par tous, dicté par une consigne tacite. En réalité, l'écrasante majorité des administrateurs et des profs ne savait rien. Après coup, beaucoup racontent son machisme et son appétit du pouvoir, mais personne – ou presque – n'avait de quoi relier son malaise à une accusation précise.

Dans un premier temps, nombre d'enseignants se montrent d'ailleurs plus compréhensifs que leurs étudiants à l'égard de Frédéric Mion. Dans une lettre ouverte du 13 janvier, la faculté réclame la fin du système de cooptation de la FNSP, mais pas la démission du directeur. Mion reste apprécié de ses équipes, soucieuses de préserver la stabilité de l'institution. Et si le cafouillage autour de sa « stupeur », suivi de l'aveu qu'il avait été alerté, a du mal à passer, beaucoup se demandent ce qu'ils auraient fait à sa place.

Mais le 9 février 2021, alors que le rapport provisoire de l'Inspection générale est transmis à Sciences Po, *Marianne* et *Le Canard enchaîné* dégoupillent une ultime grenade : des extraits de l'audition de Marc Guillaume ont fuité. Devant les inspecteurs, le préfet d'Île-de-France reconnaît enfin avoir été averti par Frédéric Mion en 2018, tout en jurant qu'il ignorait les détails de l'affaire. C'est même lui, dit-il, qui lui aurait soufflé de contacter Jean Veil pour creuser. Le directeur, quant à lui, a continué d'affirmer le contraire.

Ce nouveau mensonge apparaît à tous comme une fuite en avant absurde, incompréhensible et décevante. Car, si Marc Guillaume a parfois été qualifié de « Grand Chambellan » ou autre « vice-Premier ministre » par la presse spécialisée, pour le grand public, y compris à Sciences Po, il reste un haut fonctionnaire parmi d'autres. La plupart des enseignants, et a fortiori des étudiants, n'auraient pas été choqués d'apprendre que Frédéric Mion s'était d'abord tourné vers lui plutôt que vers Jean Veil – qu'ils connaissent tout aussi peu. Pourquoi l'avoir caché ?

Le jeu de loyautés implicites qui l'a peut-être poussé à couvrir son camarade du Conseil d'État, secrétaire général du gouvernement sous son ami Édouard Philippe, reste pour le moins opaque. Plus troublant encore : la cartographie de leurs réseaux respectifs ne fait qu'aggraver l'impression d'un entre-soi étouffant, symptôme bien connu de la haute fonction publique à la française. Pas question de complot ici, ni de grand dessein caché. Simplement de petits groupes d'individus qui se croisent dans leur vingtaine, se lient d'amitié, se marient entre eux, intègrent des corps où la solidarité est la règle, puis se retrouvent, quelques années plus tard, aux commandes d'institutions et d'entreprises censément indépendantes.

Sans être accablant pour Sciences Po, le rapport épingle sévèrement Frédéric Mion, qui démissionne aussitôt après avoir pris connaissance de la version provisoire. Outre ses mensonges, l'inspection critique sa gestion des révélations d'Aurélie Filippetti. Certes, à l'époque, Mion s'est assuré qu'aucune plainte n'avait été déposée contre Olivier Duhamel au sein de Sciences Po. Mais ses vérifications se sont arrêtées là. Pourquoi ne pas avoir, pour commencer, interrogé Janine Mossuz-Lavau, pourtant explicitement citée comme source par Filippetti ? Tout en admettant la complexité de la situation, l'inspection estime que les faits étaient suffisamment étayés pour alerter la justice.

Après avoir quitté Sciences Po, Frédéric Mion retrouve son corps d'origine, le Conseil d'État. Un an plus tard, il prendra ses distances en rejoignant le cabinet d'avocats Gide-Loyrette-Nouel, via une mise en disponibilité. Et à l'automne 2024, il tournera définitivement la page en démissionnant de la fonction publique.

Il laisse une école doublement orpheline. Sans président de la FNSP ni directeur de l'Institut, la Péniche navigue à vue. Mais les candidats ne manquent pas pour en prendre les commandes. Et après une petite décennie d'accalmie, l'établissement voit ressurgir le bal des prétendants.

5

Deux têtes à couronner

Des profs aux appariteurs, des responsables administratifs aux chargés de conf', cet hiver 2021 rappelle douloureusement le printemps 2012. Jamais, depuis la mort de Richard Descoings, l'école n'avait été au cœur d'un tel tsunami médiatique. Certains profitent du trouble des esprits pour faire passer un message ou pousser leurs intérêts, d'autres se murent dans le silence de peur de déclencher le prochain *bad buzz*. Tous savent que chaque mot prononcé sera scruté, disséqué, amplifié.

Dans ce contexte, le cas Frédéric Mion a beaucoup occupé Louis Schweitzer, élu président de la FNSP par intérim après la chute d'Olivier Duhamel. L'ancien patron de Renault, convaincu du bilan largement salué du directeur de Sciences Po, espérait le maintenir à flot. Mais la révélation de son deuxième mensonge a scellé son sort : la situation devenait intenable. « Vous savez, il y avait cette publicité, au début des années 1990, de Tag Heuer, avec le visage d'Ayrton Senna, et le slogan "*Don't crack under pressure*". Je pense qu'il a craqué sous la pression. Je n'arrive pas à me l'expliquer autrement. »

À l'époque, néanmoins, Louis Schweitzer n'a pas le temps de s'apitoyer. Sa priorité : trouver un successeur à Olivier Duhamel tout en préservant l'architecture institutionnelle de Sciences Po. La crise, en effet, réveille les appétits de ceux qui envient les singularités historiques de l'école ou critiquent ses réformes récentes, et comptent bien saisir l'occasion pour imposer leurs vues. « Cette volonté venait un peu de l'État, un peu de la jalousie universitaire, un peu de la droite conservatrice. Quand un objet atypique est frappé par des histoires qui font la une, le premier réflexe, c'est de rendre cet objet atypique typique. Autrement dit, de le remettre dans le rang. »

Le recrutement s'annonce d'autant plus délicat qu'avant même le scandale, Olivier Duhamel avait entériné le départ des quatre plus anciens « membres fondateurs » de la FNSP – dont Louis Schweitzer lui-même, qui partira à la fin de son intérim. Il faut donc les remplacer, ainsi que Marc Guillaume, qui vient de démissionner, afin de pouvoir élire un nouveau président. Face aux critiques de plus en plus insistantes du mécanisme de cooptation, un comité de recherche composé de cinq fondateurs et de cinq enseignants est mis en place. Sa mission : dresser une liste de candidats pour les sièges vacants – et désigner un nouveau président. Voire – révolution ! – une nouvelle présidente.

Quand le processus démarre, Frédéric Mion est encore en poste, et il apparaît opportun de maintenir l'équilibre qui veut que, face à un directeur issu de la haute fonction publique, le président soit un professeur. Un rapide tour d'horizon auprès des doyens et des centres de recherches fait émerger un nom : Nonna Mayer, piste prometteuse.

La politologue, chercheuse au CNRS affectée à Sciences Po depuis les années 1970, a présidé pendant plus de dix ans l'Association française de science politique. Ses travaux sur l'extrême droite, le racisme et l'antisémitisme font autorité, et elle a accompagné avec enthousiasme les grandes réformes de Richard Descoings, notamment l'ouverture internationale. D'origine américaine par sa mère, elle a aussi siégé au comité de l'*American Political Science Association*. Sous les encouragements de ses collègues, elle dépose sa candidature.

Deux autres candidats se déclarent : l'un en interne, le politologue et président de l'Association des anciens élèves Pascal Perrineau, l'autre à l'extérieur, l'économiste Romain Rancière, professeur à l'université de Californie du Sud.

Nonna Mayer est donnée favorite, mais le 11 mars, à la veille de son audition par le comité de recherche, un billet à charge est publié contre elle par l'Observatoire du décolonialisme. Ce courant intellectuel, né en Amérique latine dans les années 1990, postule que les structures de pouvoir contemporaines demeurent façonnées par l'héritage colonial, notamment celui de l'Europe dans les Amériques. Une grille de lecture jugée intolérable pour certains intellectuels conservateurs, qui voient dans le décolonialisme une menace existentielle. Plus sérieux que « wokisme » et moins connoté qu'« islamogauchisme », le terme est utilisé pour qualifier (et disqualifier) tout discours critique de l'organisation sociale occidentale – en particulier s'il porte sur des discriminations autres qu'économiques. L'« observatoire » est ainsi animé par un groupe d'universitaires décidés à combattre ce qu'ils dénoncent comme des « intimidations idéologiques » de la part des chercheurs qui intègrent dans leurs travaux « des identités de "race" et de religion, de sexe et de "genre" ».

Parmi les fondateurs cités dans la tribune du *Point* qui en constitue l'acte de naissance, on trouve un historien des idées, deux linguistes, deux spécialistes de littérature médiévale, une prof de lettres et un chercheur en gestion. En revanche, aucun sociologue ni politiste, deux disciplines qu'ils ont érigées en cibles privilégiées. Il ne s'agit donc pas d'une querelle universitaire, comme il en a toujours existé, à l'intérieur d'une discipline, mais d'une guerre culturelle qui voit des disciplines s'affronter entre elles, sur un terrain plus idéologique que scientifique. Le monde académique n'est ici qu'un champ de bataille parmi d'autres dans un conflit qui se décline aussi bien sur les plateaux de télévision que sur les bancs de l'Assemblée nationale. Et Sciences Po, à l'intersection des mondes universitaire, politique et médiatique, s'impose comme un terrain d'affrontement idéal.

Le billet contre Nonna Mayer est publié anonymement, au nom du « collectif des observateurs ». Il reproche à la chercheuse de cautionner le terme d'« islamophobie », que ses adversaires présentent comme une invention islamiste destinée à persuader les musulmans qu'ils sont victimes de discriminations (comme si ces derniers n'en faisaient jamais l'expérience concrète). Preuve, selon ses détracteurs, du ralliement de Mayer à ce concept dangereux : sa participation aux travaux de la Commission nationale consultative des droits de l'homme, qui utilise cette dénomination. Or cette commission n'a rien d'une obscure association identitaire : c'est une instance nationale qui conseille les pouvoirs publics, avec des membres désignés tous les trois ans par décret du Premier ministre. Surtout, elle employait déjà le terme « islamophobie » dans une acception scientifique, bien avant que Nonna Mayer n'y participe.

Mais, en ce début d'année 2021, la psychose sur la menace « islamogauchiste » dans les universités atteint des sommets. La ministre de l'Enseignement supérieur, Frédérique Vidal, vient en effet d'annoncer à la surprise générale sur CNews son intention de diligenter une enquête sur le sujet (enquête qui ne sera jamais conduite). Jean-Michel Blanquer, devenu ministre de l'Éducation nationale, monte également au créneau. « Il m'avait demandé de venir le voir, se souvient Louis Schweitzer, et m'avait adressé une longue mise en garde contre l'islamogauchisme. »

Dans son billet, l'Observatoire du décolonialisme oppose Nonna Mayer à Pascal Perrineau, présenté comme une victime de son statut de « mâle blanc de plus de 50 ans ». L'élégant politiste, figure historique de la maison et habitué des plateaux de télévision, est l'incarnation de Sciences Po pour de nombreux étudiants – y compris sur les campus délocalisés, où il se fait un devoir d'enseigner en présentiel. Président de l'association des anciens élèves, commentateur assidu de la vie politique française, il est en réalité très loin de l'invisibilisation. Et il est le seul membre de la faculté permanente de Sciences Po à s'opposer au communiqué publié par l'école pour regretter la sortie de Frédérique Vidal sur l'« islamogauchisme ». Ce texte, rappelant que la notion « n'a aucun contenu scientifique », dénonçait « la tentative de délégitimation de champs de la recherche, qu'il s'agisse des études postcoloniales » ou « des études sur diverses formes de discrimination ». Un positionnement dont Pascal Perrineau s'offusque… sur le site de l'Observatoire du décolonialisme, ciblant nommément les travaux de Nonna Mayer et l'accusant de propager l'idée que l'islamophobie aurait remplacé l'antisémitisme en Europe.

« Mon père était juif, sa mère et sa tante ont été déportées, raconte la chercheuse. J'ai commencé à travailler sur l'antisémitisme dans les années 1980. Alors qu'on vienne me dire que je le minimise, que je ne m'intéresse qu'à l'islamophobie, comme si c'était un jeu à somme nulle… C'est, à mes yeux, impardonnable, de la part de n'importe qui, mais encore plus d'un collègue qui était un ami. »

De fait, Nonna Mayer et Pascal Perrineau ont cosigné des ouvrages de recherche dans les années 1990. Mais leur collaboration s'est étiolée, avant de connaître un coup d'arrêt brutal à la fin des années 2000. En décembre 2008, la reconduction de Pascal Perrineau pour un cinquième mandat à la tête du CEVIPOF, le centre de recherche politique de Sciences Po, a mis le feu aux poudres. La jeune génération espérait un changement de direction pour favoriser l'internationalisation du labo, les nouvelles approches de l'analyse des opinions et l'étude des politiques publiques. Face au maintien de Pascal Perrineau, directeur depuis 1991 et fidèle à une approche axée sur l'examen des résultats électoraux, 14 chercheurs, soit plus d'un tiers des membres statutaires du centre, ont claqué la porte début 2009. Ils ont rejoint le Centre d'études européennes (CEE), créé à Sciences Po quelques années plus tôt, emmenant avec eux jeunes recrues et figures historiques comme Gérard Grunberg et Nonna Mayer.

C'est donc au terme d'une relation longue et parfois houleuse que les deux politistes se retrouvent en lice pour briguer la présidence de la FNSP en 2021. Et lorsque Nonna Mayer se présente devant le comité de recherche pour son audition, le 12 mars, la suspicion alimentée par le billet de l'Observatoire du décolonialisme a visiblement fait son effet. On l'interroge frontalement sur la crise de Sciences Po Grenoble, où deux enseignants avaient refusé d'employer le terme « islamophobie » dans le titre d'une table ronde, avant d'être traités de fascistes par des collages anonymes sur les murs de l'établissement. Que ferait-elle face à une telle situation ? La chercheuse plaide pour un débat universitaire apaisé, à l'abri de toute intimidation, tout en assumant l'usage de la notion d'islamophobie, qu'elle replace dans son cadre scientifique. Mais elle sent bien que la question est orientée.

Malgré tout, sa candidature est présentée au CA. Celles de Romain Rancière et Pascal Perrineau, également auditionnés par le comité de recherche, sont écartées. « Je craignais qu'avec Pascal Perrineau, Sciences Po ne fasse marche arrière, confie Louis Schweitzer. Il n'était plus tout jeune – ce que je ne pouvais guère lui reprocher, étant moi-même plus âgé –, mais, surtout, il était conservateur. Et je ne parle pas de ses opinions politiques, mais de sa vision de l'école. »

Romain Rancière racontera plus tard avoir reçu un appel d'un membre du comité de sélection : au-delà de son absence de liens historiques avec l'institution, c'est surtout le fait d'être un homme qui l'aurait éliminé. Même son de cloche pour Pascal Perrineau, qui relate une conversation téléphonique du même acabit.

Mais toute femme qu'elle est, Nonna Mayer n'a guère plus de chance. Entre son audition par le comité de recherche et le vote du conseil d'administration, début avril, la polémique sur l'islamogauchisme enfle, complaisamment relayée par les hebdomadaires habitués des couvertures sur la menace djihadiste. Une campagne « dégueulasse », juge Louis Schweitzer… qui n'a pas soutenu sa candidature pour autant. « Je l'ai rencontrée longuement, j'ai lu ses livres, c'est une femme tout à fait intelligente. Mais je pensais qu'elle n'était pas faite pour ce métier. Elle ne connaissait pas du tout l'*establishment*. Et, au fond, l'un des rôles du président de la Fondation, c'est d'avoir un réseau dans l'*establishment*. »

Il la prévient donc qu'il ne votera pas pour elle. Nonna Mayer ne se décourage pas, mais comprend que l'élan d'enthousiasme qui l'avait portée début mars s'est essoufflé. Le jour du scrutin, les représentants de la faculté permanente au CA soutiennent sa candidature, sans succès. Son rival Pascal Perrineau, qui dispose d'une voix en tant que président de l'association des anciens élèves, dénonce la procédure ayant mené à sa sélection. Nonna Mayer recueille finalement 11 voix favorables, contre 10 voix négatives et 2 votes blancs. Faute de la majorité des deux tiers requise, sa candidature est définitivement rejetée. Maigre consolation : dans son communiqué, la FNSP condamne les accusations d'islamogauchisme dont elle a été la cible.

« Pour moi, il y avait une personne parfaite pour le poste, raconte Louis Schweitzer : Laurence Bertrand-Dorléac.

Intelligente, cultivée, dans la lignée de Richard Descoings. Elle avait de l'entregent, un réseau, savait parler aux notables… »

Laurence Bertrand-Dorléac, Parisienne affable et tempérée, présente effectivement un profil intéressant. Historienne de l'art, une discipline relativement rare à l'IEP, elle se tient à distance des querelles intestines qui opposent les courants de la science politique. Fondatrice, dans les années 1990, du département d'histoire de l'art de l'université Picardie-Jules-Verne, à Amiens, elle a ensuite fait toute sa carrière à Sciences Po.

Deux obstacles compliquent néanmoins son élection : d'abord, elle siège elle-même au comité de recherche chargé de trouver le nouveau président ; ensuite, elle n'est tout simplement pas candidate. « Ça m'a pris un peu de temps, admet Louis Schweitzer : il fallait convaincre à la fois mes collègues que Laurence était la meilleure option, et Laurence elle-même. » Une fois cette étape franchie, la retirer du comité de recherche créé *ad hoc* – donc sans véritable cadre – pour la présenter au CA ne sera plus qu'une formalité.

Nonna Mayer, que Laurence Bertrand-Dorléac avait soutenue lors du premier *round*, lui rend la pareille, convaincue qu'elle saura défendre la recherche au sein de la FNSP. Mais le tour de passe-passe qui propulse cette membre du comité de recherche au rang de candidate officielle, nouveau symptôme d'une gouvernance opaque et fondée sur les réseaux personnels, irrite une partie de l'institution.

Bertrand Badie, politiste spécialiste des relations internationales dont le cours d'espace mondial a marqué des générations d'étudiants de Sciences Po, décide à son tour de se présenter, espérant incarner un processus plus démocratique. Ce ponte de la maison n'aura droit qu'à une audition de pure forme – sur Zoom, Covid oblige – avant l'élection de Laurence Bertrand-Dorléac par 21 voix sur 24 (il lui manquera seulement celles des élus étudiants, qui contestent la procédure… et de Pascal Perrineau). Quant à Bertrand Badie, lui aussi garde en mémoire le coup de fil d'un ami membre du conseil qui lui glisse, un brin embarrassé, que son problème, c'est de ne pas être une femme… Un joker bien pratique pour écarter les candidats masculins dont on ne veut pas, tout en donnant l'illusion d'une soumission aux impératifs du politiquement correct en réalité très relative. Car quelques semaines plus tard, quand il a fallu remplacer Frédéric Mion, l'administratrice provisoire de Sciences Po, Bénédicte Durand, et la directrice générale de l'enseignement supérieur, Anne-Sophie Barthez, ont été sorties du jeu dès le premier tour. Entre-temps, un candidat autrement difficile à battre était arrivé sur la ligne de départ.

*
* *

Pendant que le CA de la FNSP se cherche laborieusement une présidente, un autre conseil d'administration se déchire, de l'autre côté de la Seine : celui de Danone. Son président, Emmanuel Faber, paie cher son virage social et environnemental. Sous la pression de fonds activistes, qui lui reprochent les mauvaises performances du groupe, il est débarqué sans préavis le 14 mars 2021. Dans ces conditions, Mathias Vicherat, secrétaire général de Danone très lié à Faber, n'a guère envie de s'éterniser. Ça tombe bien : un poste intéressant vient de se libérer rive gauche.

« J'ai pris la décision et le risque de démissionner pour me consacrer entièrement à ma candidature à Sciences Po », raconte-t-il. Pendant six mois, il multiplie les rencontres, consulte à tout-va, façonne un projet. « C'est un bon souvenir, parce que je n'avais pas à jouer la carte du secret. Pour d'autres, encore en poste, la menace des fuites rendait les choses beaucoup plus délicates. »

De fait, sa candidature s'ébruite rapidement, suscitant un soupir de résignation chez ses concurrents. « Quand j'ai appris que Vicherat se présentait, j'ai compris que c'était plié », se souvient une candidate. Haut fonctionnaire, blanc, quadragénaire, passé en cabinet (de Delanoë puis d'Hidalgo) : voilà qui coche toutes les cases non pas de la fiche de poste, mais du portrait-robot taillé à l'image de ses prédécesseurs. On peut y ajouter sa continuité bienvenue avec le profil « public-privé » de Frédéric Mion (le directeur sortant était secrétaire général de Canal+ avant d'arriver à Sciences Po), un atout à l'heure où le mécénat pèse de plus en plus lourd dans le budget de l'école. Son amitié avec le président Macron, née sur les bancs de la même promo à l'Ena, ne gâche rien, pas plus que sa place aux dîners du Siècle : le club, malgré les remous de l'affaire Duhamel, reste un sésame inégalé pour garnir un carnet d'adresses.

Conscient des critiques qu'il allait forcément susciter, Vicherat raille dans son projet les « commentateurs de mauvaise foi qui, en attaquant l'École, s'en prennent à ce qu'ils pensent être le système, un pouvoir élitaire qui se complairait dans la reproduction sociale et l'endogamie ». Mais anticiper la critique, est-ce suffisant pour la neutraliser ? Car, si les étudiants de Sciences Po, entre universitarisation, ouverture sociale et internationalisation, ne sont effectivement plus réductibles à l'entre-soi parisien, peut-on en dire autant de sa direction ?

Au total, 23 candidatures se détachent. Pour les faire émerger et les départager, la FNSP s'adjoint les services du cabinet de recrutement Russell-Reynolds – un accompagnement efficace pour le milieu des entreprises, mais peu adapté à l'enseignement supérieur, jugera par la suite la présidente Laurence Bertrand-Dorléac.

Outre Bénédicte Durand et Anne-Sophie Barthez évoquées plus haut figurent plusieurs universitaires et dirigeants d'établissements prestigieux : les Allemands Cornelia Woll, ancienne directrice de la scolarité de Sciences Po, et Andreas Kaplan, doyen de l'ESCP, le sociologue Pierre-Paul Zalio, alors président de l'ENS-Paris-Saclay, le directeur du Cnam Olivier Faron, historien et ancien président de l'ENS Lyon, et l'ex-directrice scientifique de Sciences Po Christine Musselin, qui tente à nouveau sa chance. Seuls Faron et Musselin se hisseront dans la short list finale, aux côtés de Mathias Vicherat.

Le trio présente à sa manière un certain équilibre : un énarque et deux universitaires, une candidature interne et deux externes, une femme et deux hommes – l'un revendiquant son ancrage à gauche, Mathias Vicherat, l'autre catalogué à droite, Olivier Faron, passé par le cabinet de Laurent Wauquiez. Mais si le jeu semble ouvert, les priorités des conseils ne font guère de doute. « Le nombre de personnes qui m'ont dit : vous ne serez pas capable de lever des fonds ! Pour eux, il est inimaginable d'avoir quelqu'un qui ne soit pas directement connecté à Matignon ou à l'Élysée », raconte Christine Musselin. « Ils n'envisagent pas qu'il soit possible de nouer ces relations une fois en poste. Les relations, c'est aussi la fonction qui les crée. » Et on peut supposer que, lorsque la fonction les crée, elles sont moins personnelles, et donc moins problématiques pour l'indépendance de l'institution, que lorsqu'elles sont antérieures… Mais telle n'est pas la préoccupation de la FNSP au lendemain de l'affaire Duhamel.

Laurence Bertrand-Dorléac est vite conquise par Mathias Vicherat : « Il avait l'expérience du public et du privé, mais aussi un réel éthos du bien commun, qui semblait adapté à la situation. Et puis, il était suffisamment juvénile pour apprendre vite. » Les élus étudiants, d'ordinaire peu enclins à plébisciter un nouveau haut fonctionnaire, se laissent charmer par cet amateur de rap qui écoute longuement leurs doléances et les intègre à son projet. Côté enseignants, beaucoup saluent son engagement à créer un poste de directeur de la formation et de la recherche, un « super numéro 2 » inspiré du *provost* des facs anglo-saxonnes. Une innovation attendue de longue date, perçue comme un moyen de pallier son manque d'expérience dans l'enseignement supérieur. Au terme d'un oral où son charisme et sa préparation impeccable éclipsent ses concurrents, Vicherat décroche 21 des 28 voix du conseil de l'Institut. Le lendemain, le CA de la FNSP entérine sa nomination à la majorité des deux tiers.

Ses partisans le disent taillé pour incarner Sciences Po. Mathias Vicherat, lui, revendique de placer la communication au cœur de sa stratégie, convaincu que l'école reste prisonnière d'une image dépassée.

Après l'austère Frédéric Mion, place à un directeur plus jeune, plus médiatique. Sa visibilité en agace certains – « que de la com », ironisent les moins convaincus –, mais séduit aussi, notamment parmi les étudiants et une partie des profs. Certes, Mathias Vicherat semble très soucieux de son image, mais, en même temps (et peut-être pour cela), il se montre proche de ses interlocuteurs et ouvert à la discussion. Son volontarisme sur le numérique et les enjeux climatiques parle à une génération qui se projette volontiers dans ce haut fonctionnaire fringant, fier de rappeler son passé de militant. Nul n'ignore, au 27, que le nouveau directeur a monté la section Sciences Po d'Attac – l'organisation militante altermondialiste – quand il était encore sur les bancs de l'école. On lui pardonnerait presque d'avoir pantouflé chez Danone vingt ans plus tard – après tout, c'était pour un patron de gauche…

Mais le capital sympathie est une valeur fragile, qui peut s'évaporer au moindre faux pas. Et aucune stratégie de com, aussi bien huilée soit-elle, ne met à l'abri d'un retournement brutal.

6

Sortir du boys' club

Ironie cruelle pour Mathias Vicherat : la tourmente surgira précisément là où il a choisi de planter son drapeau – la lutte contre les violences sexistes et sexuelles. Comme si chaque nouveau dirigeant de Sciences Po se voyait immanquablement rattrapé à l'endroit même où il pensait faire la différence.

L'affaire Duhamel, bien que les faits dénoncés soient extérieurs à l'école, a provoqué un électrochoc. Dans la foulée de la publication du livre de Camille Kouchner, une ancienne étudiante de Sciences Po Toulouse lance le hashtag #SciencesPorcs, libérant une vague de témoignages sur les réseaux sociaux : discriminations, agressions, et même viols. Brutalement, la réalité d'un sexisme longtemps étouffé par l'atmosphère feutrée de l'institution, bien loin des bizutages des facs de médecine, éclate au grand jour.

Dans une école qui ne s'est timidement ouverte aux femmes qu'en 1919, soit près d'un demi-siècle après sa création, ce machisme a des racines profondes. On en trouve trace dès 1904, lorsque le conseil d'administration rejette trois premières demandes d'inscriptions féminines. Hors de question d'accueillir « les femmes légères dont le but serait d'ébaucher des liaisons avec les fils de famille qui composent la majorité de nos auditoires et les curieuses qui viendraient à l'École comme on va à une partie de plaisir ». Après la Première Guerre mondiale, l'admission des étudiantes reste conditionnée à un entretien avec le directeur – dont les « fils de famille » masculins, eux, sont dispensés. Ce n'est qu'après la guerre suivante, lorsque l'École libre renaît sous le statut d'Institut d'études politiques, que filles et garçons sont admis au terme d'un même examen d'entrée.

La proportion d'étudiantes progresse d'abord laborieusement, jusqu'à la réforme de 1989 qui, en ouvrant un accès direct aux titulaires d'une mention « très bien » au Bac, fait tomber bien des barrières invisibles. La parité est atteinte à la fin des années 1990, et, depuis la fin des années 2000, les filles sont majoritaires à Sciences Po – comme dans la plupart des filières de sciences humaines. Mais on ne peut guère en dire autant du corps enseignant ou de la direction. Le décalage n'en est que plus frappant entre des promos de plus en plus féminines et féministes, et un encadrement demeuré largement masculin et pétri de culture patriarcale.

Richard Descoings en est conscient lorsqu'il encourage la création, en 2010, du Programme de recherche et d'enseignement des savoirs sur le genre (Presage), l'une des premières initiatives pluridisciplinaires sur ce thème en France. Dirigé par deux économistes, Hélène Périvier et Françoise Milewski, ce réseau académique s'appuie au départ sur l'Observatoire français des conjonctures économiques. S'il a fallu vaincre les réticences de collègues persuadés que l'*Homo economicus* était non genré, cet ancrage de Presage dans la plus dure des sciences molles apparaît avec le recul comme un choix stratégique, qui l'a prémuni des procès en idéologie facilement intentés à la socio.

À son arrivée trois ans plus tard à la tête de l'école, Frédéric Mion s'attaque à un nouveau chantier : la féminisation des effectifs. Dans son équipe de direction, qu'il compose librement, la progression est réelle, mais elle demeure beaucoup plus lente au sein de la faculté permanente. Les ouvertures de postes se font au compte-gouttes, et l'essentiel du renouvellement repose sur les départs en retraite.

En juin 2025, l'annuaire de Sciences Po recense 304 enseignants-chercheurs (hors émérites), dont 111 femmes, soit 36,5 %. Une progression considérable par rapport aux 5 % de femmes dans le corps professoral au début des années 1990. Mais la parité reste un horizon lointain.

Elle n'est pas davantage atteinte chez les enseignants-vacataires. Là aussi, un certain volontarisme a permis d'indéniables avancées. Mais le recrutement, largement décentralisé – chaque unité d'enseignement (collèges universitaires, campus, écoles, etc.) sélectionnant ses propres chargés de conf' –, en limite la portée. D'autant que les professionnels qui viennent partager leur expertise arrivent plus souvent à Sciences Po par réseau, à la suite de candidatures spontanées, qu'après avoir répondu à une offre. Et comme les charges domestiques et familiales pèsent encore principalement sur les femmes, celles-ci sont moins enclines à ajouter une activité d'enseignement à leur emploi principal, surtout s'il faut se déplacer sur un campus délocalisé.

Parallèlement à cette lente féminisation du corps enseignant, l'école a pris des initiatives saluées pour lutter contre les discriminations. En 2017, par exemple, elle a instauré une procédure de changement de prénom pour les personnes en transition de genre, même sans changement d'état civil, procédure encore simplifiée depuis. Mais la mesure la plus emblématique – et paradoxalement la plus décevante, au regard des espoirs qu'elle avait suscités – reste la création, dès 2015, d'une cellule de veille sur le harcèlement sexuel.

Derrière cette appellation, c'est en réalité un très large spectre de violences, allant du sexisme ordinaire au viol, que cette cellule, longtemps sous-dotée, a dû affronter. Sans pouvoirs de police ni de sanction, elle se limite à recueillir les témoignages et à signaler au directeur les cas susceptibles d'être transmis à la section disciplinaire. Car seul le chef d'établissement est habilité à la saisir. Un système, commun à la plupart des établissements d'enseignement supérieur, qui semble au passage ignorer la possibilité que le directeur puisse, lui aussi, faire un jour l'objet d'une plainte.

Si les agressions restent très rares à l'intérieur des campus, elles sont beaucoup plus fréquentes lors des événements extérieurs liés à la vie de l'école. Le CRIT (compétition sportive inter-IEP), le mini-CRIT (la même chose, mais entre les campus de l'IEP de Paris) et surtout les week-ends d'intégration (WEI) ont toujours été des terrains à risque, entre alcool, excitation et besoin de relâcher la pression. C'est dans ce contexte qu'un étudiant de premier cycle s'est rendu coupable de plusieurs agressions, qui lui ont valu d'être sanctionné par deux ans d'exclusion en 2020. La section disciplinaire a établi qu'il avait eu un rapport sexuel non consenti avec une étudiante et diffusé des photos intimes d'une autre, prises à son insu, tandis qu'une troisième plaignante s'est manifestée au cours de l'instruction.

Difficiles à mener, les enquêtes s'accompagnent parfois d'un changement de campus imposé aux étudiants mis en cause, afin d'éviter tout contact avec les victimes présumées. Un dispositif partant d'une bonne intention, mais très critiqué. Les étudiants concernés y voient en effet une première sanction, bafouant la présomption d'innocence, tandis que les victimes l'interprètent souvent comme une manière de déplacer le problème, voire de le dissimuler. Car le temps des investigations et celui des études sont asynchrones : certains terminent leur scolarité avant que les affaires ne soient tranchées – surtout quand la procédure disciplinaire se double d'une procédure judiciaire, encore plus longue.

Aux violences perpétrées par certains étudiants s'ajoutent celles commises par des enseignants. Sciences Po, loin d'échapper à l'asymétrie propre à la relation prof/élève (ou directeur de thèse/doctorant), y superpose une culture de l'entre-soi qui brouille encore davantage ces rapports. Certains chargés de conf', parfois à peine plus âgés que leurs étudiants, s'adressent à eux comme à de futurs collègues. Cette proximité peut vite se transformer en pression : le vacataire dispose non seulement d'un pouvoir de notation, comme n'importe quel prof, mais aussi d'une influence sur l'avenir professionnel de ses étudiants. Dès lors, difficile de ne pas mesurer les risques inhérents à la culture des « dîners de conf' », réunissant élèves et enseignants dans un cadre souvent alcoolisé, parfois même au domicile de ces derniers. Si la concomitance du Covid et de l'affaire Duhamel a, depuis, marginalisé cette tradition, elle restait encore vivace dans les années 2010.

« À l'époque, je m'étais demandé pourquoi un avocat d'affaires qui gagnait autant d'argent venait en perdre en étant chargé de conférences », écrit Salomé Berlemont-Gilles, diplômée en 2014, dans son récit « Tu connaîtras la peur [1] ». « Et puis, j'avais compris. Des dizaines de gamines avides de vie se pressaient aux portes centenaires de l'IEP. » L'autrice y décrit une relation d'emprise aux lourdes conséquences pour sa santé mentale avec un enseignant de première année, alors qu'elle était mineure. Comme d'autres chargés de conf' mis en cause pour des faits similaires, cet homme a cessé d'enseigner à Sciences Po, sans pour autant être sanctionné.

De fait, le statut des vacataires, s'il soulève de nombreux problèmes en matière de violences sexistes et sexuelles, présente aussi un atout : écarter plus discrètement les profils à risque, par le simple non-renouvellement de leur contrat. Rien qu'à l'issue de l'année scolaire 2018-2019, par exemple, trois enseignants ont ainsi vu leur collaboration interrompue à la suite de procédures disciplinaires ou judiciaires. Parmi eux, un historien du droit à l'université Paris Cité, qui assurait quelques cours à Sciences Po, a poursuivi son enseignement dans son établissement principal – avant d'y être également dénoncé par plusieurs étudiantes. Les récits des élèves de Paris Cité et de Sciences Po se ressemblent : échanges prolongés dans la rue après les cours,

1. Salomé Berlemont-Gilles, « Tu connaîtras la peur », *Lettre Zola*, novembre 2024.

invitations à continuer la discussion sur Snapchat (où les messages s'effacent après avoir été lus), conversations qui prennent un tour plus intime, puis basculent dans le harcèlement sexuel caractérisé. L'intéressé conteste ces accusations, admettant seulement « une vie privée qui peut questionner la morale ».

Face à une cellule de veille mal connue, sous-équipée et peu sollicitée – a fortiori par les étudiants des campus régionaux, tenus à distance par sa localisation parisienne –, les associations féministes ont souvent pris le relais. Parmi elles, le collectif Garces, créé fin 2010 par des syndicalistes étudiantes comme Raphaëlle Rémy-Leleu, a joué un rôle pionnier. Ce « Groupe d'action et de réflexion contre l'environnement sexiste » est d'abord né d'un constat simple : la parole, en AG, restait largement monopolisée par les hommes, notamment lors de la mobilisation contre la réforme des retraites. Pour en discuter, des réunions inter-organisationnelles non mixtes ont été mises en place. « Il ne s'agissait pas d'une fin en soi, mais d'un moyen ponctuel de remédier aux inégalités concernant la prise de parole en public », explique le collectif sur un ancien blog. « Le but était la prise en compte des mécanismes d'inhibition et des déterminismes sociaux intégrés, afin de les dépasser ; l'objectif était la prise de conscience et la politisation d'un problème non pas personnel, mais bel et bien collectif. Les réunions non mixtes ne visaient donc pas à exclure les hommes, mais à permettre aux femmes de se sentir plus à l'aise dans un cadre mixte. » L'initiative a, sans surprise, suscité l'ire des militants masculins, bientôt relayée dans toute l'école – y compris par des étudiants qui n'avaient jamais mis un pied en AG. Déjà, on agitait le spectre des excès venus des campus américains.

Pourtant, à l'échelle de l'histoire du féminisme en France – y compris à Sciences Po –, la non-mixité n'a rien d'une nouveauté : c'est même un retour aux sources. La véritable innovation, c'est la mixité. Une quinzaine d'années plus tôt, l'association « Les Sciences Potiches se rebellent » avait ainsi été la première à *s'ouvrir* aux hommes, notamment à quelques militants de l'Unef désireux de défendre le droit à l'IVG. À l'époque, cette ouverture avait suscité des débats houleux.

Malgré les critiques, Garces prend rapidement de l'ampleur et déborde du strict cadre militant. Ses membres, bien identifiées, commencent à recevoir des signalements de violence, qu'elles ne sont pas préparées à traiter. Elles décident donc de se former, puis de créer leur propre cellule d'écoute indépendante. Très actives lors de l'affaire Duhamel, elles militent pour la démission de Frédéric Mion et finissent par être auditionnées par le groupe de travail sur les violences sexistes et sexuelles, mis en place à la demande de Bénédicte Durand, administratrice provisoire. Présidé par la sociologue Danièle Hervieu-Léger, ce groupe livre en mai 2021 un rapport détaillé, lucide et exigeant, qui servira de socle au programme de Mathias Vicherat.

Des campagnes d'information et de prévention sont lancées. Un module de formation devient obligatoire pour les étudiants. Mais, surtout, la procédure de signalement est totalement refondue. Un dispositif d'écoute professionnalisé voit le jour, en partenariat avec France Victimes. Les signalements sont ensuite examinés par une nouvelle « cellule d'enquête interne préalable » (CEIP), pilotée par une magistrate. En 2023, sur trente-sept saisines de la CEIP, quatre ont été renvoyées en section disciplinaire, avec deux sanctions particulièrement lourdes : l'exclusion d'un enseignant pour cinq ans et celle, définitive, d'un étudiant.

Au-delà du travail de la cellule, les étudiants saluent une administration plus réactive face aux situations à risque. Fin 2021, l'ancien directeur du théâtre de la Manufacture de Nancy, accusé d'agression et de viol par des comédiennes, est immédiatement écarté du campus lorrain de Sciences Po, où il enseignait depuis des années. Quand il tente ensuite de contacter une étudiante de l'IEP pour qu'elle témoigne en sa faveur, celle-ci en informe l'administration, qui lui propose aussitôt un avocat.

L'institution affiche haut et fort sa détermination à lutter contre les violences, mais cette communication offensive suscite des attentes parfois déçues. Nombre de plaignants, qui surmontent peurs et réticences pour confier leur histoire à la cellule de signalement, vivent une très lourde déception lorsque leurs dossiers n'aboutissent pas en section disciplinaire. C'est ce que raconte Salomé Berlemont-Gilles : dix ans après qu'elle a décroché son diplôme, le message d'une autre victime de son ancien prof de droit la pousse à le signaler à Sciences Po. Mais l'affaire est classée sans suite, faute de preuves jugées suffisantes.

Rapidement débordée, la cellule voit ses délais de traitement exploser, attisant la colère des plaignants. « Ce n'était pas une volonté de mettre les problèmes sous le tapis, au contraire, explique la directrice de l'engagement Kate Vivian. En ouvrant systématiquement des enquêtes, on s'est retrouvés à enquêter sur des faits sans lien avec la vie universitaire. Des conflits de couple, par exemple… Des souffrances réelles, certes, mais on s'est mis à organiser des dizaines d'auditions sur des faits qui ne relevaient pas de la section disciplinaire. » Depuis, le périmètre a été clarifié. « Nous traitons évidemment tout ce qui se produit sur le campus, même si ces cas restent très rares, et les situations liées à la vie associative, aux événements organisés par le bureau des élèves. En revanche, ce qui relève de la chambre à coucher, des relations de couple, ne nous concerne pas. Ces situations peuvent tout à fait relever du pénal, et on oriente les étudiants dans cette direction si c'est nécessaire, mais on n'enquête plus directement. »

À l'automne 2023, la cellule de signalement est saturée, et la colère monte chez les étudiants. Le 9 novembre, des manifestations éclatent sur l'ensemble des campus pour dénoncer la lenteur des procédures. Dans un communiqué commun, plusieurs associations pointent également « la non-protection des victimes qui subissent la présence des agresseurs au quotidien ». La mobilisation trouve notamment son origine dans l'affaire du campus de Dijon, où l'administration a laissé une étudiante passer ses partiels dans la même salle que son agresseur présumé, malgré ses demandes explicites de séparation. À Paris, une autre procédure scandalise également : une jeune femme, inscrite en classe préparatoire à l'Ena, accuse un étudiant de viol et attend des mois avant que son signalement ne soit pris en compte. Se retrouvant dans la même classe que lui, elle a fini par renoncer à préparer le concours. L'étudiant a ensuite écopé de mesures de responsabilisation – l'équivalent de travaux d'intérêt général –, tandis qu'une plainte pour viol a été déposée en justice.

L'école engage une réflexion pour renforcer son dispositif, et les premières pistes sont présentées en Conseil de la vie étudiante le lundi 4 décembre. Mais, le jour même, coup de tonnerre : des fuites policières révèlent que Mathias Vicherat a été placé en garde à vue, accusé de violences conjugales. De Paris à Menton en passant par Reims, où le directeur devait justement rencontrer des associations féministes, la consternation est à la hauteur des espoirs placés en lui. « On s'est dit : punaise, il avait fait du bon taf après l'affaire Duhamel. Et finalement, tous des connards », résume une étudiante. Très vite, l'affaire révèle l'ampleur du fossé générationnel qui s'est creusé sur ces enjeux.

Le soir du 3 décembre, Mathias Vicherat et son ex-compagne, la réalisatrice Anissa Bonnefont, se disputent au bar du Lutetia, à deux pas de Sciences Po. Elle se rend au commissariat du VIIe arrondissement, où il la rejoint cinq minutes plus tard. Aucun ne porte plainte, mais, face à leur agitation, la police les place tous les deux en garde à vue, et le parquet ouvre une enquête. Ils seront finalement renvoyés en correctionnelle, chacun accusant l'autre de violences conjugales. Mathias Vicherat sera condamné à cinq mois de prison avec sursis, peine dont il fera appel. Son ex-compagne acceptera pour sa part huit mois avec sursis. Tous deux évoquent une relation toxique.

Parmi les personnes rencontrées pour préparer ce livre, de nombreux profs de Sciences Po, y compris parmi les plus critiques du bilan de Mathias Vicherat, expriment une forme de commisération à son égard. Après tout, il a été moins condamné que son ex, et quand on voit le nombre d'affaires de violences classées sans suite, on s'étonne qu'il ait été poursuivi en l'absence de plainte. Bien sûr, sa démission s'imposait pour préserver l'institution, mais tout de même, il n'a vraiment pas eu de chance. Pour beaucoup d'étudiants, en revanche, il est tout simplement inconcevable que l'on puisse regretter son départ *alors qu'il a été condamné*. Certes, les profs qui tiennent ce discours sont surtout des hommes, et les étudiants, surtout des étudiantes. Mais l'indulgence envers Mathias Vicherat se retrouve aussi chez certaines enseignantes, et la sévérité chez des étudiants masculins, si bien que j'y vois moins une fracture de genre que de génération.

Dès le 6 décembre, une AG vote l'occupation de Sciences Po pour exiger son départ. Pris de court par cette nouvelle affaire, l'établissement laisse faire. Fidèle à sa méthode de dialogue et à son goût du contact, le directeur tente la transparence. Mais ses formulations sidèrent les féministes. « Il nous sortait des phrases que quelqu'un d'un minimum éduqué sur l'emprise et les rapports de pouvoir n'aurait jamais prononcées », se souvient une militante à l'Unef. « Et nous, on se regardait en se disant : il est vraiment en train de nous expliquer que parfois, dans les relations, on se fait du mal ? »

La silhouette aux cheveux bouclés, photographiée comme une rock star par les étudiants lors de son discours de rentrée trois mois plus tôt, se retrouve placardée sur les murs du 27, sur des affiches criardes réclamant sa démission. Du jour au lendemain, tout son engagement contre les violences sexuelles est remis en cause. « Humainement, c'était difficile », raconte Kate Vivian. « J'avais le sentiment qu'on avait beaucoup avancé sur ces questions grâce à son implication, et soudain, sa sincérité était mise en doute. Des gens se demandaient même si tout ça n'avait pas été un gadget pour couvrir un monstre. Évidemment, ce n'est pas le cas », assure la responsable de l'engagement, qui l'a côtoyé quotidiennement au sein de l'équipe de direction.

Une conviction partagée par Laurence Bertrand-Dorléac qui, au-delà de sa position personnelle, soutient d'abord Mathias Vicherat au nom de la présomption d'innocence. « Je ne l'ai pas encouragé à partir, c'est vrai, même si beaucoup me pressaient de le faire. » La présidente de la FNSP, qui évoque souvent ses recherches en histoire pour expliquer son attachement à l'État de droit, refuse de céder à la vox populi. Elle réunit les bureaux des différents conseils et plaide pour attendre la première confrontation avant de trancher. Sa ligne est adoptée, mais à une courte majorité. « Ce n'est pas une position que j'ai imposée, c'est une position qui a été finalement adoptée démocratiquement malgré de fortes oppositions. »

Mais les étudiants, eux, ne voient pas ces discussions en coulisses. À leurs yeux, « l'administration a fait bloc ». Et ils l'acceptent d'autant moins que, pour eux, la nécessaire démission de Mathias Vicherat n'est pas une question de légalité, mais de légitimité. Ils ne remettent pas en question la présomption d'innocence, mais considèrent que sa mise en cause par le parquet décrédibilise son engagement contre les violences sexistes et sexuelles, et abîme l'image de l'école. Cette ligne de fracture traverse aussi les instances, profondément divisées. « Je pense que le conseil d'administration aurait dû le suspendre en attendant que la situation soit clarifiée », estime une élue du conseil. « Il y avait quand même eu une garde à vue. Et pour avoir un peu suivi ce type de dossier, on ne met pas en garde à vue comme ça. Pour moi, ça voulait dire qu'il y avait eu a minima un comportement inapproprié dans un commissariat, ce qui, en termes d'exemplarité pour les jeunes que nous formons, posait déjà question. »

Des critiques émergent également chez les chercheurs. Le département de sociologie publie une motion réclamant la démission du directeur. Mathias Vicherat propose finalement une mise en retrait provisoire, entérinée le 18 décembre 2023. Il prend un congé sans solde, tandis que ses proches collaborateurs se répartissent ses fonctions. Mais, dès l'annonce, le calendrier de son retour programmé fait débat. Prévu le 29 janvier, il correspond grosso modo à une absence limitée aux vacances de Noël. Or si l'enquête à son sujet n'a pas avancé d'ici là, quelle sera sa légitimité à revenir ? Beaucoup dénoncent une stratégie relevant de la pensée magique : attendons un mois et demi que les choses se calment, et à la rentrée, au mieux le directeur sera blanchi, au pire les étudiants seront passés à autre chose.

« Rétrospectivement, on sait que la justice a mis un an à juger cette affaire. Même s'il avait été innocenté, Sciences Po serait restée un an dans les limbes. C'est un risque énorme pour une institution », estime l'ancien directeur de la formation et de la recherche, Sergei Guriev, convaincu qu'une démission immédiate de Mathias Vicherat aurait été plus sage. S'il ne l'exprime pas publiquement à l'époque, il s'en ouvre à la présidente Laurence Bertrand-Dorléac, ainsi qu'à Mathias Vicherat lui-même. Lorsqu'il comprend que ce dernier reviendra bien le 29 janvier, alors que l'enquête n'a pas avancé, c'est lui qui décide de partir. « J'ai compris que, dans cette situation d'incertitude, je ne pourrais plus faire progresser aucun projet », explique l'économiste, devenu doyen de la London Business School.

De fait, dès le retour de Mathias Vicherat, les blocages reprennent sur les campus. Persuadé que son innocence sera vite reconnue, le directeur agace en assurant qu'il s'agit d'un problème privé : ni les financeurs de Sciences Po ni la presse ne sont de cet avis. Les élèves non plus, qui n'ont pas oublié que c'est lui qui juge du renvoi ou non des cas de violences sexuelles en section disciplinaire. Comment lui faire confiance dans ces conditions ? Pour apaiser les critiques, Vicherat consent à abandonner cette prérogative. Insuffisant pour les associations féministes. Pour la journée internationale des droits des femmes, une banderole est déployée devant l'école : « Le 8 mars comme tous les jours, Vicherat casse-toi ».

Moins d'une semaine plus tard, son renvoi en correctionnelle, en pleine occupation de l'« amphi Gaza », scelle son sort. Dans un climat aussi explosif, l'école ne peut se passer d'un leadership incontesté. Le 13 mars 2024, Mathias Vicherat jette l'éponge. Trois ans après la démission de Frédéric Mion, Sciences Po se retrouve à nouveau au point mort.

Une fois encore, les critiques sur la gouvernance de l'école refleurissent, explication facile face à la répétition des crises. Pourtant, si l'affaire Duhamel et l'affaire Vicherat – comparables uniquement par leurs effets – ont lourdement frappé l'institution, aucune ne concerne des faits commis au sein même de Sciences Po. Ces scandales ont emporté deux directeurs, Mion et Vicherat, aux profils certes désespérément proches, mais qui remplissaient leur mission avec un engagement qu'il serait difficile de leur renier.

Bien sûr, ces hauts fonctionnaires ne sont pas les plus à plaindre. Aussi douloureux que soit leur sentiment d'avoir tout perdu, ils peuvent ensuite réintégrer tranquillement les sommets de l'administration par la grâce de la bonne dissert de droit public qui les a fait entrer à l'Ena vingt ans plus tôt. En l'occurrence, tous deux ont rapidement bifurqué vers le privé, Mathias Vicherat ayant même fondé, au printemps 2025, un cabinet de conseil… en stratégie et gestion de crise.

Ces deux affaires révèlent surtout le retard de l'élite à intégrer le bouleversement culturel induit par l'hyperconnectivité et l'écosystème numérique. Depuis #MeToo, chacun a pu constater que les violences sexuelles et autres abus, s'ils relèvent toujours de logiques de pouvoir, ne se cantonnent pas aux cercles de pouvoir. Mais ces milieux, pourtant habitués à vivre sous l'œil de la presse, persistent à croire qu'ils peuvent laver leur linge sale en famille. Quand ils découvrent que ce n'est plus possible, certains en viennent à accuser les médias – réflexe étrange venant d'une école qui forme des journalistes – dans un discours obsidional teinté de narcissisme. Oui, Sciences Po est plus observée que d'autres établissements, ce qui se comprend aisément vu la place de ses anciens élèves dans les affaires du pays. Non, elle n'est pas persécutée par les journalistes. Des studios hollywoodiens à l'Église catholique en passant par l'hôpital et l'armée, les crimes et délits sexistes et sexuels font désormais systématiquement l'objet d'enquêtes *partout*, laissant espérer une société moins violente et moins patriarcale.

Dans ce contexte, couplé au changement d'échelle des technologies de l'information et de la communication, il paraît naïf de croire que l'on peut dissimuler sa connaissance d'une affaire de viol ou, dans un autre registre, débarquer au commissariat du VIIe pour régler une dispute filmée par les caméras du Lutetia, sans que cela porte immédiatement à conséquence.

Les emblèmes de Sciences Po sont le lion et le renard, en référence à la métaphore de Machiavel sur la force et la ruse. Si *Le Prince* conserve une troublante actualité cinq siècles après sa parution, il a aussi pris quelques rides. Notamment lorsqu'il invite à « posséder parfaitement l'art et de simuler et de dissimuler », et fait de l'exemplarité un simple exercice d'apparence. À l'heure de l'information en continu, l'exemplarité est devenue une exigence *réelle* – un virage que les derniers dirigeants de Sciences Po semblent avoir manqué.

En mars 2024, trois ans à peine après la démission de Frédéric Mion, le feuilleton de la succession est donc de retour. La saison de trop ?

7

Le changement, c'est pas maintenant

Comment rompre la malédiction qui semble s'abattre, un mandat après l'autre, sur la direction de Sciences Po ? Cette série de manquements des directeurs au devoir d'exemplarité tiendrait-elle à un processus de sélection défaillant ?

C'est forte de la conviction qu'il faut rompre avec le profil type des précédents patrons qu'Arancha González, ex-ministre espagnole des Affaires étrangères, se lance dans la course à la succession de Mathias Vicherat. Cette juriste au CV impressionnant, passée par la Commission européenne et l'Organisation mondiale du commerce avant d'intégrer le gouvernement de Pedro Sánchez, est doyenne de l'école des affaires internationales de Sciences Po depuis 2022. Un parcours qui la positionne à la fois comme candidate maison et gage d'ouverture sur le monde – tout en crédibilisant l'hypothèse d'une première femme à la tête de l'institution.

La voie paraît d'autant plus dégagée que, dans ce climat de tension permanente, le poste fait moins rêver. Cités par la presse au printemps, les anciens ministres Najat Vallaud-Belkacem (Éducation), Rima Abdul Malak (Culture) et Aurélien Rousseau (Santé) démentent tour à tour se porter candidats. L'heure de la rupture aurait-elle enfin sonné ?

C'est ce que veut croire Pierre Mathiot : douze ans après avoir tenté de succéder à Richard Descoings, son jour de chance est peut-être arrivé. Au printemps 2024, le politologue vient de quitter la direction de l'IEP de Lille, qu'il avait piloté de 2007 à 2015 avant d'y revenir en 2019. Ce marathonien fraîchement grand-père se trouve à Roissy, prêt à s'envoler pour le Kenya, où il compte courir, lorsque des journalistes l'appellent pour le faire réagir à la démission de Mathias Vicherat. À son retour, des voix en interne lui laissent entendre que le vent tourne en sa faveur rue Saint-Guillaume. Il se reprend au jeu et se remet aussitôt au travail.

Est-ce son soutien appuyé au lycée musulman Averroès – dont le contrat avec l'État avait été suspendu en 2023, avant d'être rétabli par la justice administrative – qui a ranimé le spectre de l'islamogauchisme ? Ou bien sa franchise devant le comité de sélection, admettant que d'autres blocages, sur Gaza ou d'autres sujets, surviendraient forcément, et qu'il fallait surtout savoir y répondre ? Toujours est-il qu'il reste une nouvelle fois au seuil du dernier tour.

Un autre directeur d'IEP figure en revanche dans la short list : Rostane Mehdi, à la tête de Sciences Po Aix depuis 2015, a su redresser l'institution après une grave crise de gouvernance. Face à ce professeur de droit inconnu du grand public, on retrouve, comme attendu, Arancha González, bien placée pour l'emporter.

Lorsque je commence mes entretiens pour ce livre, en août 2024, mes premiers interlocuteurs, qu'ils s'en réjouissent ou s'en inquiètent, sont unanimes : le poste ira à Arancha González. C'est à peine s'ils connaissent le nom de Luis Vassy, pourtant futur troisième finaliste. Ce diplomate, camarade de promo d'Emmanuel Macron à l'Ena (eh oui, encore un), a enchaîné les postes de directeur adjoint puis directeur de cabinet auprès de tous les ministres des Affaires étrangères du Président, jusqu'à Stéphane Séjourné. Mais, depuis la dissolution de l'Assemblée nationale le 9 juin, les jours de ce dernier au gouvernement sont comptés.

Le nom de Luis Vassy apparaît dans les médias le 21, via une dépêche AFP annonçant la clôture des dépôts de candidature et présentant brièvement les différents profils. Pas de quoi le révéler au grand public à ce stade, mais déjà des soutiens haut placés s'activent pour promouvoir ses qualités auprès de contacts triés sur le volet. C'est un cadre de l'école qui reçoit un appel insistant d'une conseillère de l'Élysée pour vanter la supériorité du diplomate, une professeure en vue sollicitée par un patron de presse pour organiser leur rencontre…

Fin juillet, le portrait de Luis Vassy fait la der de *Libé*. Alors que le débat public reste sous tension après les législatives anticipées, le haut fonctionnaire s'y insurge contre la proposition du RN d'écarter les binationaux de certains postes stratégiques. Né à Fontenay-sous-Bois d'un père réfugié politique uruguayen et d'une mère argentine, naturalisé français à l'âge de 2 ans, Luis Vassy conserve également la nationalité uruguayenne. Pur produit de la méritocratie, il a été nommé ambassadeur de France aux Pays-Bas entre deux passages en cabinet ministériel. Exactement le genre de fonctions que le RN propose d'interdire aux binationaux.

Il faut dire que l'ultime sélection de 2024 affiche un profil résolument international. Rostane Mehdi, lui aussi, porte une double culture : né en Algérie, il y a grandi avant de rejoindre la France pour ses études, alors que la guerre civile anéantissait le rêve de ses parents de bâtir une nation libre. En retenant ces trois candidats, la direction de Sciences Po paraît décidée à s'ouvrir sur le monde. Mais jusqu'où ira-t-elle vraiment ?

« Qu'est-ce qui est français en vous ? » Quand un membre du comité de sélection lui lance cette question, Arancha González y voit surtout la marque d'une résistance à ouvrir réellement le jeu. « Quand on vous demande ça, le message est clair : on cherche un Français. » Son témoignage fait écho à celui de Sergei Guriev. L'économiste avait rejoint Sciences Po en 2013, après avoir dû fuir la Russie pour des raisons politiques. Nommé directeur de la formation et de la recherche en 2022 par Mathias Vicherat, il a été accusé, deux ans plus tard, d'avoir voulu profiter de la crise pour lui ravir son poste. Il s'en défend catégoriquement : aucune intention de prendre la tête de l'institution, *« because it's a very French job »*. « À ce stade, j'avais compris qu'un non-Français ne pourrait pas exercer cette fonction. Il faut avoir grandi en France, comprendre intimement la politique française… Ce n'était pas pour moi. »

Arancha González, elle, y a cru. « Quand je suis arrivée à l'école des affaires internationales, j'ai trouvé que la succession des directeurs avait de l'allure : Ghassan Salamé, franco-libanais, Enrico Letta, italien, puis moi, espagnole. Mais la direction de Sciences Po dans son ensemble reste une affaire très française. Je ne critique pas, mais il faut être honnête. » Pour elle, l'établissement peine encore à réconcilier deux visions : celle d'une école parisienne vouée à former la haute fonction publique hexagonale, et celle d'une université internationale de recherche. « Certains estiment que le simple fait d'avoir une faculté permanente signifie que Sciences Po n'est plus Sciences Po. Mais ces mêmes personnes aiment y envoyer leurs enfants et petits-enfants, parce que cette faculté nous place au deuxième ou troisième rang mondial. » Et ces mêmes parents, ajoute-t-elle, s'inquiètent ensuite de voir leurs enfants se mobiliser pour la Palestine, comme certains le lui ont confié lors du cocktail de remise de diplômes, à l'été 2024.

Ce jour-là, face à un parterre de 2 000 personnes, de jeunes diplômés saisissent la tribune pour dénoncer l'intervention israélienne à Gaza et critiquer la gestion des manifestations au sein de l'école. La doyenne Arancha González tente de reprendre la main en leur reprochant de détourner l'esprit de la cérémonie. Huée par une partie de l'assistance, elle est aussitôt cataloguée comme ennemie de la cause palestinienne par certains étudiants. Pourtant, quelques mois plus tard, lors de son audition devant le conseil de l'Institut, c'est l'accusation inverse qui fuse : « Pourquoi avez-vous laissé la cérémonie de remise de diplômes se transformer en meeting propalestinien ? »…

La question des manifs étudiantes s'invite aussi à l'audition de Rostane Mehdi. « Depuis 2015, Sciences Po Aix n'a jamais été bloquée ni occupée, se félicite-t-il. Des AG ont eu lieu, des invités parfois controversés ont été accueillis, mais jamais la police n'est intervenue chez nous. » Pour lui, diriger une université est un véritable métier, exigeant expérience et savoir-faire. « Êtes-vous prêts à briser cette dépendance au sentier ? » lance-t-il comme un défi à l'issue de sa présentation, appliquant à Sciences Po ce concept de la science économique selon lequel les acteurs reproduisent des comportements routiniers parfois en dépit de leur propre désir de changement. En l'espèce, l'école est-elle prête à sortir de son addiction aux hauts fonctionnaires plus proches du pouvoir que de l'enseignement supérieur ? Apparemment, non.

Certes, Luis Vassy n'affiche pas la même expérience, mais Sciences Po n'est pas « un IEP en plus grand », assure-t-il au conseil de l'Institut quand son tour arrive. De cette « institution unique », dont il est diplômé et où il a enseigné en début de carrière, il maîtrise parfaitement les arcanes. Son projet dense et bien préparé inquiète même certains, tant l'ex-dircab semble convaincu de savoir, depuis l'extérieur, ce qu'il faudrait réformer. D'autres, au contraire, se montrent conquis : « Vous nous avez dit que devenir diplomate était votre rêve. Et vous êtes là, devant nous, prêt à renoncer à poursuivre ce rêve. Rien que pour ça, merci. »

Le conseil est partagé. Mehdi, annoncé comme l'outsider face à la candidate maison et au candidat du pouvoir, a su rallier une partie de l'auditoire grâce à ses réponses solides, ancrées dans une expérience concrète de la gestion universitaire. Vassy, de son côté, a marqué des points par la précision de son projet et les « nombreuses connexions » qu'il promet de mobiliser. « Sa timidité, voire sa discrétion, pourrait lui éviter le syndrome du directeur-star », assurent même certains. Il décroche finalement 14 voix sur 31, contre 9 pour Mehdi et 8 pour González. Faute de majorité absolue, un deuxième tour s'impose. González est éliminée, et ses soutiens se reportent majoritairement sur Vassy, qui l'emporte avec 20 voix contre 9 pour Mehdi, deux personnes ayant voté blanc.

Le soir même, Arancha González, prenant acte de sa défaite, annonce qu'elle ne se présentera pas le lendemain devant le CA de la FNSP. « J'ai compris que le choix avait été plus ou moins fait. Je n'allais pas m'interposer entre ce choix et le conseil d'administration. » Une décision qui laisse amers certains de ses partisans, déçus de ne pas la voir défendre son projet jusqu'au bout.

Rostane Mehdi, lui, se présente le lendemain devant le CA, sans trop y croire. Depuis plusieurs jours, la presse le campe en défenseur rigide d'un catéchisme républicain rétro pour ne pas dire réac, relégué au rôle de figurant provincial dans une course hors de portée. Au terme d'une audition où il se montre parfois sur la défensive, il fait part de son inconfort : « À chaque fois que j'ouvre un journal, j'ai le sentiment que le match est plié » avant même la décision officielle – des journaux qui s'appuient, précise-t-il, sur des citations des membres du conseil…

Luis Vassy se montre plus flamboyant, non sans ironiser sur sa voix monocorde. Il revendique sa « double culture » de normalien et d'énarque, se rêve en « pont entre ces deux mondes », mais aussi « entre les deux côtés du périphérique », lui qui a grandi en banlieue parisienne. Il cite pêle-mêle son amitié avec le philosophe néerlandais Luuk van

Middelaar, le détail du vote d'une résolution adoptée la veille par l'ONU, et, en matière de gestion de crise, déroule le protocole du quai d'Orsay. Autant d'éléments qui collent davantage à l'image que la FNSP se fait d'elle-même qu'un retour d'expérience sur la prise en charge du mouvement Sciences Porcs à l'IEP d'Aix.

Vassy rafle 25 voix sur 30, contre 3 seulement pour son challenger, plus 2 bulletins blancs. Une semaine plus tard, il est nommé directeur par décret présidentiel.

À peine entré en fonction, le voilà déjà épinglé par des visuels – « Macron Boy à la tête de Sciences Po » –, assortis d'une couronne monarchique sur sa photo en noir et blanc, qui circulent sur les réseaux sociaux militants. Rien de bien méchant à l'échelle de son poste – à titre personnel, j'ai compris ce qu'était la liberté de la presse en découvrant les caricatures de Descoings dans *In Vodka Veritas*, ce fanzine sciencepiste odieux et hilarant aujourd'hui disparu (dont le nom parodiait celui de la très snob asso d'œnologie). Mais l'attaque *ad hominem* contrarie le diplomate, plus habitué aux relations de réseau qu'à l'exposition publique. Ayant beaucoup travaillé sa candidature, il semble sincèrement heurté par la défiance que suscite son profil.

Pour répondre aux interrogations sur ses liens avec le pouvoir politique, des éléments de langage récurrents me parviennent par différents canaux : Luis Vassy n'est pas le candidat de la majorité présidentielle, puisque de majorité il n'y a plus ; il n'a pas été choisi parce qu'il est un énarque proche de l'Élysée, mais *malgré ça*, du fait de la supériorité de son projet – et de la faiblesse de celui d'Arancha González, qui n'aurait pas assez travaillé.

Certes, le document de candidature d'Arancha González se révèle moins précis que ceux des deux autres finalistes. Mais, dans l'ensemble, les trois projets se ressemblent : tous entendent recentrer Sciences Po sur ses missions fondamentales, éviter la dispersion, adapter la pédagogie aux mutations numériques et consolider un modèle économique fragile sans alourdir encore les frais de scolarité. La profession de foi d'Arancha González se démarque en accordant plus de place aux conditions de vie étudiantes, avec, par exemple, la création d'un centre de santé que les autres n'évoquent pas. Celui de Rostane Mehdi aborde de front le retour d'une épreuve écrite – que Luis Vassy annoncera en grande pompe une fois nommé, avant de tempérer ses déclarations, mais qui n'apparaît pas dans son document.

Fidèle au Quai d'Orsay, Luis Vassy, de son côté, ancre d'abord son plan dans des considérations géopolitiques, tout en plaidant par ailleurs pour la création d'une école de la gouvernance du climat. Mais les éléments variant d'un document à l'autre relèvent davantage de la priorisation des sujets dans un format imparti que de véritables divergences. Le choix auquel ont été soumis les conseils est donc à nouveau davantage un choix de profil. Or, si celui de Luis Vassy avait été un handicap, on suppose qu'au moins une partie des 8 voix d'Arancha González se seraient reportées sur Rostane Mehdi au second tour. En fait, c'est plutôt le CV de ce dernier, moins prestigieux que les deux autres, qui a visiblement été pénalisant.

Questionné, lors de son audition, sur l'avantage que représenterait son statut d'énarque, Luis Vassy dégaine une réponse qu'il recyclera ensuite pour clore le sujet. À Val-de-Fontenay où il a grandi, explique-t-il, personne ne fait la différence entre l'Ena et Sciences Po, et s'en prendre à la première, c'est nourrir un anti-élitisme qui ne tardera pas à pénaliser la seconde. « Il y a une chose que je ne ferai pas, c'est de m'excuser d'avoir fait l'Ena » – ce que personne ne lui demande.

On retrouve dans ses réponses la même logique que chez ses prédécesseurs : présenter toute critique sur la succession d'énarques aux commandes de Sciences Po comme une mise en cause personnelle, voire un procès en illégitimité et, à force, comme une attaque contre la haute fonction publique en général – et pourquoi pas, tant qu'à faire, contre la République, la France et la démocratie. Or il n'est question ni de leur personne ni d'une légitimité abstraite, mais bien d'une interrogation concrète : est-il pertinent de confier *systématiquement* la direction d'un établissement d'enseignement supérieur à un haut fonctionnaire sans expérience universitaire ?

Il y a quelque chose de fascinant dans le blues de l'énarque mal aimé, étonné de ne pas être accueilli partout en sauveur, malgré l'excellence de son travail et la sincérité de ses intentions. Comme si l'idée que leurs concurrents ou leurs critiques n'aient rien contre eux personnellement, ni contre l'Ena, mais aspirent simplement à plus de diversité – en partant du principe qu'il existe des professionnels tout aussi méritants ailleurs – ne leur traversait jamais l'esprit. Comme s'il leur était impossible de concevoir la lassitude de ceux qui consacrent leur vie à l'enseignement et à la recherche, et se retrouvent dirigés par des outsiders, débarqués uniquement grâce à la conjonction d'une vacance du pouvoir à Sciences Po et d'un accident de parcours – la disgrâce de Faber chez Danone pour Vicherat, la chute du gouvernement à la suite de la dissolution pour Vassy. Des profils qui, souvent, ne comptent même pas prolonger cette incursion, préférant ensuite regagner des secteurs plus lucratifs – le cabinet d'avocat pour Mion, le conseil pour Vicherat (qui compte toutefois un acteur de l'enseignement supérieur privé parmi ses premiers clients).

Personne ne prétend interdire quoi que ce soit aux énarques – qu'ils se rassurent, les pauvres –, mais la question de la direction de Sciences Po mériterait sans doute mieux qu'un procès en populisme, brandi comme joker à chaque fois qu'on ose la poser.

Frédéric Mion, Mathias Vicherat et Luis Vassy ont des parcours admirables, et leur engagement pour l'école ne fait aucun doute. Mais refuser les biais du processus de sélection – au premier rang desquels la nécessité de plaire à un pouvoir politique qui nomme *in fine* le directeur – renforce précisément l'image de caste arrogante dont ils se plaignent tant d'être affublés. Car prétendre que le recrutement serait exempt de ces biais, c'est soutenir qu'aucun universitaire, ni d'ailleurs aucune femme et aucune personne non blanche, n'atteint, hélas, le niveau de Frédéric Mion, Mathias Vicherat ou Luis Vassy.

8

« Une école à la dérive » (mais si mon fils pouvait y entrer, ce serait super)

Ils sont plusieurs à raconter la même anecdote. Des profs, plus habitués aux amphis qu'aux cocktails, ont commencé à recevoir des invitations à déjeuner dès qu'ils ont pris des fonctions pédagogiques ou administratives à Sciences Po. Très vite, les sollicitations se sont multipliées, avec une question récurrente autour du dessert : « À tout hasard, vous ne pensez pas que je pourrais donner un cours ? Prenez ma carte, on ne sait jamais ! » Ou sa variante : « Ma fille est en seconde, elle est brillante. Avec quelles spécialités a-t-elle le plus de chances d'être prise, d'après vous ? »

Ni les modestes 65 euros de l'heure, préparation comprise, qui rémunèrent les confs de méthodes, ni les 20 000 euros annuels que peut coûter l'inscription en master n'ont encore découragé les postulants, d'un côté comme de l'autre du pupitre. Pas davantage que les prétendues dérives de l'école, dénoncées à intervalles réguliers, de l'ouverture aux lycéens de l'éducation prioritaire en 2001 aux mobilisations propalestiniennes de 2024.

Réforme après réforme, la procédure d'admission, toujours abondamment commentée, a progressivement remodelé la sociologie de Sciences Po, tout en maintenant – voire en renforçant – une logique ultra-sélective. La suppression du concours écrit, annoncée en 2020, en est la parfaite illustration.

Officiellement, la décision répond à l'obligation pour tous les établissements d'enseignement publics ou conventionnés de passer par Parcoursup, afin de centraliser les vœux des lycéens. Mais l'argument ne suffit pas : sept des dix IEP de région ont gardé leur concours écrit commun tout en intégrant la plateforme. De fait, la suppression des épreuves sur table offre également d'importants avantages logistiques – à l'école elle-même, qui n'a plus à les organiser, mais aussi aux candidats, qui s'épargnent un déplacement potentiellement coûteux et source d'autocensure : devant la logistique à mettre en œuvre et les dépenses à engager, les moins sûrs d'eux avaient tendance à se décourager. À la place, une première sélection se fait sur dossier : bulletins, notes du Bac (épreuves anticipées et contrôle continu), et deux écrits de motivation (depuis supprimés). Ensuite, un oral en visio départage les meilleurs candidats (c'est toujours le cas dans la toute dernière version de la procédure adoptée en 2025, sur laquelle nous reviendrons).

Les détracteurs de la réforme y ont vu une admission au rabais, expurgée du rituel initiatique de l'épreuve écrite, et une procédure par ailleurs discriminante envers les lycées d'élite. Certains des élèves issus de ces établissements ont en effet pu pâtir non pas de la réforme de Sciences Po elle-même, mais de celle, concomitante, du Bac, qui laisse une large place au contrôle continu. Plusieurs grands lycées parisiens se sont retrouvés pris au piège de leur culture de la notation sévère (persuadés qu'il est formateur de saquer les ados), leurs bacheliers étant parfois dépassés par ceux de lycées notant plus « normalement ».

Mais, loin d'ouvrir grand ses portes, la réforme de 2020 a en réalité renforcé la sélection à Sciences Po. L'intégration à Parcoursup a provoqué un raz-de-marée de candidatures : + 107 % en un an en 2021, avec près de 12 000 postulants. Après l'effet d'appel, la vague s'est stabilisée autour de 8 000 candidats par la voie générale en 2024, toujours au-dessus du niveau d'avant la réforme. Il faut y ajouter les milliers de jeunes, français ou étrangers, qui postulent aux différents doubles diplômes, la procédure internationale, ou encore les conventions d'éducation prioritaire. Au total, ce sont près de 15 600 candidats qui se sont présentés au bachelor de Sciences Po en 2024, soit un millier de plus de plus qu'en 2023, pour seulement 1 865 admis – ce qui correspond à un taux de sélection d'un peu moins de 12 %. À titre de comparaison, en 2010, 7 230 bacheliers avaient tenté leur chance, toutes procédures confondues, pour 1 473 admis, soit un taux de sélection d'un peu plus de 20 %.

Et l'attractivité de l'école ne s'arrête pas là. Ceux qui ont raté la marche en terminale ou emprunté d'autres voies après le Bac se bousculent toujours en master : plus de 10 300 candidatures enregistrées en 2024, pour seulement 2 600 élus. Ces derniers rejoignent les étudiants du premier cycle, automatiquement admis en quatrième année dès l'obtention du bachelor (à l'exception de l'école de journalisme et des doubles masters, soumis à une sélection interne). Quant au doctorat, il impose une compétition tout aussi rude : plus de 500 candidatures en thèse pour 74 places en 2024, réparties entre droit, économie, histoire, science politique et sociologie.

Si la ruée vers Sciences Po ne faiblit pas, c'est que l'institution occupe une place à part : les IEP sont les seuls à offrir un bachelor pluridisciplinaire d'excellence dès la sortie du Bac. Les universités, elles, tentent de rattraper leur retard en multipliant doubles licences et doubles masters. Dauphine parie sur l'intelligence artificielle et la science des organisations. Assas mise sur un master croisant droit des affaires et économie. Une concurrence qui pourrait, à terme, bousculer la suprématie des IEP. Mais ces formations visent avant tout les métiers du secteur privé, loin des « humanités politiques » qui font la signature de Sciences Po.

Au-delà de sa place centrale dans le paysage français, Sciences Po séduit aussi par son rayonnement international. Une réputation patiemment construite à l'étranger, notamment grâce à l'offensive menée par Francis Vérillaud, le directeur des affaires internationales sous Richard Descoings.

L'été qui a suivi mon Bac, tout juste admise à l'IEP, j'ai eu la chance de me rendre à Tokyo, où vivait un proche. À l'un de ses amis japonais qui me demandait ce que j'allais étudier à Paris à la rentrée, j'ai expliqué tant bien que mal, dans un anglais mal assuré, le programme qui m'attendait en septembre. « Ah, Sciences Po ! » s'est-il exclamé, à ma très grande surprise (j'étais tombée sur un francophile, certes, mais quand même). À l'époque, la proportion d'étudiants étrangers avoisinait déjà le tiers, mais ils venaient surtout dans le cadre d'échanges. Certains permanents passaient par la procédure internationale, un dispositif qui profitait aussi largement aux enfants d'expatriés français.

Quinze ans plus tard, la donne a changé : la moitié des étudiants de Sciences Po sont désormais internationaux, issus de 150 nationalités. Beaucoup viennent de l'Union européenne, mais aussi d'Asie, d'Afrique et surtout d'Amérique du Nord. À elle seule, Sciences Po accueille près de 20 % des étudiants américains installés en France. Un succès qui doit beaucoup à une stratégie offensive de partenariats, notamment avec les universités américaines – Columbia en tête. L'école parisienne propose pas moins de quatre doubles diplômes avec la prestigieuse institution new-yorkaise : un bachelor et trois masters – en journalisme, affaires publiques et affaires internationales.

Alors que les universités encaissent de plein fouet les attaques de Donald Trump contre les libertés académiques, Sciences Po en profite. En 2025, l'école a enregistré une hausse de 8 % des candidatures internationales en bachelor et de 26 % en master. Pas forcément grâce à l'afflux massif d'étudiants américains, mais plutôt de jeunes venus d'autres régions du monde, qui auraient normalement visé les États-Unis mais cherchent aujourd'hui une alternative plus sûre. À noter : la campagne de candidatures s'est déroulée au printemps 2025, avant même que Donald Trump n'annonce fin mai la suspension des visas étudiants et leur conditionnement à l'examen des réseaux sociaux. Si cette mesure hautement dissuasive est maintenue, l'attractivité de Sciences Po auprès des étudiants étrangers devrait encore grimper dans les années à venir.

Cette ouverture internationale se reflète aussi dans le recrutement de la faculté permanente. Parmi les enseignants-chercheurs arrivés en 2024 figurent un économiste irlandais passé par Harvard et Columbia, une sociologue indienne diplômée d'Oxford et docteure de Berkeley, ou encore une politiste allemande recrutée depuis l'Université polytechnique de Zurich. Les dernières recrues françaises, elles, affichent toutes un solide parcours à l'étranger. Leur arrivée à Sciences Po accompagne souvent un retour au pays, à l'instar des jeunes économistes Suzanna Khalifa et Justine Knebelman, recrutées après leurs postdocs respectifs à Princeton et au MIT.

Grâce à son statut privé, l'école peut casser les grilles salariales de l'Université française et se placer dans la course mondiale aux talents. C'est l'une des principales clés pour séduire les enseignants-chercheurs. S'y ajoutent des conditions de travail globalement meilleures que dans le reste de l'enseignement supérieur hexagonal – en particulier depuis l'ouverture en 2022 du campus Saint-Thomas, qui réunit les principaux centres de recherches dans un cadre somptueux. Sans oublier la bibliothèque, considérée comme la meilleure d'Europe continentale en sciences sociales et, *last but not least*, la qualité des étudiants.

S'ils peuvent eux aussi accéder à la bibliothèque, les 4 500 vacataires qui animent les conférences de méthode n'ont pas droit, eux, aux salaires confortables réservés aux chercheurs permanents. Certes, leur rémunération reste supérieure à celle d'une vacation à la fac – élément non négligeable quand on sait qu'une partie des chargés de conf', notamment en socio, sont eux-mêmes doctorants ou postdoctorants dans d'autres institutions.

Mais ce cachet modeste pèse peu pour les parlementaires, directeurs financiers, avocats et autres consultants qui assurent les conférences d'institutions politiques, de droit ou d'économie. Eux plébiscitent le dynamisme des élèves, et voient dans l'enseignement un moyen de s'obliger à garder un regard panoramique sur leur discipline, au-delà de leur pratique professionnelle quotidienne.

La reconnaissance symbolique attachée à l'école entre aussi indéniablement dans l'équation. À voir le nombre de bandeaux « enseignant à Sciences Po » qui s'affichent sous les invités défilant sur les plateaux télé, on se demanderait presque qui n'y enseigne pas. Ces professionnels, pourtant déjà très reconnus dans leur domaine, préfèrent se présenter sous cette étiquette, même s'ils n'y consacrent que deux heures par semaine. Sans doute pour afficher une neutralité que leur métier principal entamerait (un « enseignant à Sciences Po » paraît toujours plus objectif qu'un « avocat fiscaliste »). C'est également le signe de la légitimité que garde l'école dans le débat public. Même dans les réunions de famille, « enseignant à Sciences Po » est une carte de visite pratique. Pour de nombreux professionnels dont le métier – consultant indépendant, éditeur free-lance ou directrice de think tank – reste difficile à situer dans le paysage professionnel ordinaire, c'est le joker idéal, à la fois prestigieux et immédiatement compréhensible. Avec l'étiquette Sciences Po, des cousins que vous ne voyez qu'une fois par an vous définissent par une activité qui n'occupe qu'un dixième de votre temps, mais toute la famille est rassurée.

Cette reconnaissance se vérifie dans le taux d'insertion des diplômés. Même si la promo 2024 n'a pas échappé au coup de frein du marché du travail observé cette année-là, 87 % de ses étudiants ont trouvé un poste six mois après leur master. Un bon chiffre, mais loin des sommets atteints par la promo précédente (98 %). Cette baisse fait écho au constat dressé par l'Association pour l'emploi des cadres (Apec), qui observe une chute de 19 % des recrutements de jeunes diplômés en 2024, conséquence de la baisse des investissements des entreprises. Même son de cloche à la Conférence des grandes écoles, dont Sciences Po fait partie. Selon son enquête annuelle, seulement 65,3 % des diplômés de 2024 avaient décroché un poste début 2025. Sciences Po reste néanmoins largement au-dessus de la moyenne générale, en partie d'ailleurs grâce à la capacité de ses élèves à se vendre à l'international. Ainsi, 35 % des lauréats de cette promo, entrée sur le marché dans un contexte particulièrement tendu, ont choisi de lancer leur carrière à l'étranger, contre 29 % l'année précédente.

Sciences Po confirme aussi sa position de leader dans la préparation aux grands concours administratifs. En 2024, 70 % des admis à l'Institut national du service public, qui a succédé à l'Ena en 2022, sont issus de l'école – qui souligne que 28 % d'entre eux sont des boursiers. Son principal concurrent, la prépa ENS-Paris 1, est loin derrière, avec seulement 11 admis sur 40 au concours externe. Sciences Po arrive également en tête au concours de l'Institut national des études territoriales (Inet), qui forme les cadres et dirigeants des collectivités, avec 71 % des admis, ainsi qu'à celui des administrateurs de l'Assemblée nationale (68 %). Enfin, 65 % des lauréats au concours de cadres de la direction de la Banque de France viennent de l'IEP.

Au total, environ un quart de chaque promotion choisit la fonction publique, par la voie des concours ou via des recrutements contractuels, de plus en plus répandus. Un deuxième quart se répartit entre le monde associatif et celui des organisations internationales. On trouve par exemple de nombreux diplômés de Sciences Po à l'OCDE, ou au sein d'agences des Nations unies (Programme alimentaire mondial, Programme des Nations unies pour le développement, Haut-Commissariat pour les réfugiés, etc.). La grosse moitié restante (environ 55 %) intègre le privé, où les cabinets de conseil (KPMG, Deloitte), la finance (Lazard, Société Générale) et l'assurance (Axa) figurent en bonne place parmi les recruteurs. Un nombre significatif atterrit aussi dans les services marketing ou RH de géants comme L'Oréal ou Chanel. Enfin, une petite poignée de diplômés tentent leur chance dans les médias.

Le malaise suscité par la crise de gouvernance de 2024 et l'agitation propalestinienne semble toutefois peser sur la perception des étudiants par les entreprises. Dans le classement QS 2025 en science politique, l'école recule de la deuxième à la quatrième place (derrière Harvard, Oxford et Princeton, mais toujours devant Stanford, LSE et Cambridge). Dans un top 20 dominé par les Anglo-Saxons, l'IEP reste toutefois « la première du reste du monde », relèvent les analystes britanniques. Cette glissade n'a rien à voir avec sa recherche, qui obtient la note maximale (100) en « réputation académique ». C'est la perception côté employeurs qui se dégrade, avec un score ramené à 74,9. Il ne s'agit pas d'un taux d'insertion, mais d'une note d'image auprès des entreprises sur la base d'un sondage – note qui reste bonne dans l'absolu. À titre de comparaison, celle du deuxième établissement de l'Union européenne en science politique, l'université de Leyde aux Pays-Bas, est de 65. L'IEP conserve sa première place en France et dans l'UE dans la catégorie insertion professionnelle. Mais, si cette érosion de son image se confirmait, elle pourrait finir par peser – non pas tant sur le taux d'emploi que sur la qualité des postes et des salaires proposés à ses diplômés, dans un marché du travail déjà sous tension.

Bien décidée à rester « la première du reste du monde », voire à tutoyer les sommets trustés par les universités américaines et britanniques, Sciences Po ne lésine pas sur les moyens pour continuer à vendre du rêve. Et dans ce domaine, la carte postale savamment dessinée par ses campus, des rives de la Seine à celles de la Méditerranée, n'est pas le moindre de ses atouts.

9

De Saint-Germain-des-Prés à la Côte d'Azur

Emily in Paris : lors de leur grand oral devant le conseil d'administration de la FNSP, en septembre 2024, Rostane Mehdi et Luis Vassy ont tous les deux fait référence à la série. À demi sérieux, Mehdi a proposé de louer le campus pour y tourner un épisode. Vassy, lui, a prévenu qu'une nouvelle hausse des frais de scolarité transformerait Sciences Po en terrain de jeu pour riches Américains en quête du fantasme véhiculé par *Emily*. Faut-il en déduire une passion commune pour l'œuvre de Darren Star, dont Netflix venait de diffuser la quatrième saison ? Toujours est-il que la référence n'a rien d'absurde : inauguré en 2022, le rutilant campus Saint-Thomas colle parfaitement à la vision hollywoodienne de la vie étudiante à la française.

Installé dans un noviciat dominicain classé monument historique, derrière le boulevard Saint-Germain (que Google Maps, dans son implacable lucidité, décrit comme un « ancien pôle littéraire devenu rue commerçante »), tout n'y est qu'ordre et beauté, luxe, calme et volupté. Le refrain de « L'invitation au voyage » saute immédiatement à l'esprit à la première visite : je n'y ai pas échappé, et plusieurs de mes interlocuteurs l'ont spontanément évoqué d'eux-mêmes par la suite.

Impossible de deviner, depuis sa façade perpendiculaire à l'église Saint-Thomas, que le site s'étend sur plus de 10 000 mètres carrés. Pour atteindre les salles de cours et les centres de recherche, il faut traverser un cloître majestueux, puis longer un théâtre de verdure où des gradins mènent à un cube de verre futuriste parfaitement fondu dans le patrimoine ancien.

En découvrant les lieux, je me suis demandé comment nous avions pu tenir rue Saint-Guillaume, à mon époque. Certes, nous n'étions pas encore 15 000 étudiants comme aujourd'hui, et Sciences Po disposait déjà des anciens locaux de l'Ena, rue des Saints-Pères et rue de l'Université. Mais là où ces bâtiments dispersés pouvaient donner l'impression d'un jeu de piste au cœur de Saint-Germain-des-Prés, Saint-Thomas, plus isolé et protégé de la circulation, a bien davantage l'allure d'un véritable campus.

Ce spectaculaire agrandissement en plein Paris va à contre-courant des injonctions politiques qui poussent d'ordinaire les institutions à s'implanter en périphérie de la capitale. Il est le fruit d'un long et patient travail. « Je voulais récupérer Saint-Thomas pour l'enseignement supérieur depuis mon passage au cabinet de Raymond Barre », se souvient ainsi Jean-Claude Casanova, l'ancien président de la FNSP. Après la Révolution, le site, devenu militaire, a été transformé en manufacture d'armes – d'où le nom d'« hôtel de l'Artillerie ». Il a ensuite hébergé les services du Contrôle général des armées. C'est dans la perspective d'un regroupement des services de la Défense que la vente est annoncée dès 2010, attirant immédiatement l'attention de Richard Descoings. À l'époque, il se projette encore à la tête de l'hypothétique pôle Sorbonne-Paris-Cité et rêve d'installer à l'Artillerie le collège commun de cette méga-université. Dans une lettre d'intention adressée à Bercy, il se dit prêt à mettre 130 millions d'euros sur la table.

Quand Frédéric Mion lui succède, le projet de regroupement s'éloigne, mais le site conserve son attrait. Le nouveau directeur décide alors de jouer la carte de Sciences Po seul, et met toute son énergie à le décrocher. Les obstacles sont nombreux. Paris traverse une crise du logement dont elle n'est toujours pas sortie, et plusieurs terrains mis en vente par le ministère des Armées sont soumis à l'obligation de réserver une part de leurs surfaces au logement social. L'hôtel de l'Artillerie, qui aurait dû entrer dans ce dispositif, y échappe finalement – grâce à un intense lobbying de la FNSP auprès de la mairie. Il est reclassé dans la catégorie des constructions nécessaires aux services publics ou d'intérêt collectif, une qualification taillée sur mesure pour Sciences Po.

Mais ce statut ne rend pas le site moins attractif pour d'autres acquéreurs – après tout, l'« intérêt collectif », c'est large. Pour la FNSP, la concurrence s'annonce rude, d'autant qu'après une analyse minutieuse, l'ampleur titanesque des travaux à prévoir la pousse à faire une offre modeste, à 70 millions d'euros. De son côté, France Domaine évalue le bien à 90 millions. Dès lors, les 130 millions d'euros évoqués par Richard Descoings pendant sa période faste deviennent un souvenir encombrant, que le ministère de la Défense, plutôt réticent, brandit à chaque occasion. Car, entre-temps, un autre candidat s'est manifesté : Bernard Arnault, avec une offre à 100 millions, négociable à la hausse. Un montant bien plus proche des prix du foncier du quartier – et les enchères pourraient encore monter si un usage commercial était autorisé. Or, on l'a vu, une catégorisation, ça se révise. Pour l'armée, en quête de liquidités, l'option LVMH a de quoi séduire.

La FNSP augmente son offre, mais pas au point de renchérir sur celle du géant du luxe : entre Bernard Arnault et Frédéric Mion, la bataille ne peut être financière. C'est donc sur le terrain des réseaux qu'elle se joue – et le patron de LVMH n'en manque pas. Pour le pouvoir socialiste, choisir entre sa chère école et la première fortune de France est un dilemme plus cornélien qu'on ne l'imaginerait. Jean-Yves Le Drian, alors ministre de la Défense, veut tirer du site le meilleur profit possible, François Hollande tergiverse. C'est finalement Manuel Valls, Premier ministre, qui tranche. Et Sciences Po qui remporte la mise, en 2016, pour un prix de cession final de 87 millions – 43 millions de moins que la somme initialement avancée par Richard Descoings.

Quatre ans plus tard, dans son bilan des cessions immobilières du ministère des Armées, la Cour des comptes épinglera un prix qu'elle qualifie de « quasi-subvention de 43 millions d'euros » consentie par l'État.

Quoi qu'on pense de cette procédure de gré à gré, difficile de s'indigner de voir le site transformé en campus plutôt qu'en hôtel de luxe ou en grand magasin – même si le résultat donne une impression d'opulence qui n'est pas faite pour tempérer les jalousies. La restauration, menée par un collectif associant l'agence française Wilmotte & Associés, la firme américaine Sasaki, le bureau franco-japonais Moreau-Kusunoki et l'architecte en chef des Monuments historiques Pierre Bortolussi, est achevée en 2021.

Le site accueille quatre des sept écoles de Sciences Po (journalisme, recherche, urbanisme et management), une part importante de la bibliothèque et la majorité des centres de recherches. Les universitaires, longtemps éparpillés dans différents locaux, sont désormais regroupés dans le vaisseau amiral de l'établissement et ne tarissent pas d'éloges sur leur nouveau QG. Les professeurs émérites se réjouissent d'y conserver un bureau, les plus jeunes d'en obtenir un. « L'université de recherche de rang mondial », tant vantée par la communication de l'école, a enfin un visage.

Mais le choix de rester dans Paris soulève de sérieux problèmes pratiques. Je me souviens du petit côté « visite du *Titanic* » de mes premiers pas à Sciences Po en 2008 : le luxe étourdissant, qui masquait mal le manque criant de canots de sauvetage. Ce dont on manquait principalement, en l'occurrence, c'était de place. Il y avait quelque chose d'absurde à voir des Mac dernier cri s'étaler sur les bureaux de la bibliothèque, entourés d'étudiants assis par terre, laptops sur les genoux, faute d'emplacement disponible. Au cœur de Saint-Germain-des-Prés, on trouve une boutique de luxe tous les cinq mètres, mais pas un seul endroit abordable où déjeuner, et Sciences Po n'a pas de cantine. Quant au logement, les plus chanceux, dont j'étais, trouvaient une chambre de bonne pas trop loin, mais beaucoup s'infligeaient chaque jour d'interminables périples en RER.

De ce point de vue-là, le seul problème que Saint-Thomas a réellement réglé, c'est celui (non négligeable) des places en bibli. Pour le reste, les inconvénients propres à Saint-Germain-des-Prés persistent. Certes, le nouveau campus abrite une cafétéria plus grande que celle dont nous disposions rue Saint-Guillaume, mais ce n'est toujours pas une vraie cantine : on n'y sert pas de plats chauds, seulement des sandwichs et des boissons. Les élèves de Sciences Po ont bien accès au Crous de Mabillon, à un quart d'heure à pied, mais il faut ajouter à ce temps de trajet une file d'attente généralement longue, puisqu'on y retrouve les copains de la Sorbonne, de Paris Cité et de l'Institut catholique.

La question est d'autant plus sensible que la précarité alimentaire étudiante a explosé depuis 2022, portée par une inflation dévastatrice. Sciences Po n'y échappe pas. « On n'a pas de données absolument fiables, mais c'est l'une de mes préoccupations majeures », reconnaît Kate Vivian, qui estime à environ 10 % la part des étudiants qui peinent à se nourrir correctement. Un partenariat a un temps été mis en place avec l'association de distribution alimentaire Linkee, mais l'expérience a tourné court : les élèves étaient gênés d'aller récupérer un panier d'invendus devant leurs camarades. Désormais, ceux qui le souhaitent sont orientés vers les circuits classiques de distribution alimentaire en Île-de-France. Des étudiants ont également ouvert une épicerie solidaire participative, la Grenade, dans la cour du 56, rue des Saints-Pères. Imaginé pendant le premier confinement et animé par des bénévoles, le projet propose des produits à prix coûtant, avantageux à la fois pour les producteurs et les consommateurs. Avec une dimension solidaire affirmée : les élèves accompagnés par le pôle social de l'école peuvent y acheter des denrées à prix réduits. Au niveau national, la situation est tout aussi préoccupante : en 2024, 18 % des étudiants ont eu recours à l'aide alimentaire, selon le baromètre de l'association Cop1.

Côté logement, la situation est tout aussi alarmante : le prix d'un studio a quasiment doublé depuis l'époque où j'étais étudiante. À l'été 2025, la plateforme de référence SeLoger.com estime à 40,30 euros le prix mensuel du mètre carré dans un studio parisien meublé, soit un loyer de 725 euros pour 18 mètres carrés. Paradoxe cruel, c'est dans les quartiers chics que l'offre est la plus « abordable », grâce aux minuscules surfaces autrefois réservées aux domestiques. Au-delà des prix, la compétition est devenue féroce : visites groupées, dossiers à remettre sur-le-champ, et une sélection sans pitié où seuls les candidats les plus rapides (et surtout les mieux pourvus en garants solides) ont une chance d'être rappelés.

Heureusement, Sciences Po peut compter sur son partenariat avec le Crous pour loger ses boursiers en résidence étudiante. Quelques dizaines de places supplémentaires sont réservées à la Cité internationale universitaire. Pour les autres reste la plateforme de petites annonces privées, alimentées par d'anciens élèves : studios ou chambres en coloc se transmettent de promo en promo quand tout se passe bien. Une rustine bien loin de couvrir tous les besoins. Pour les familles d'étudiants non boursiers vivant en région, surtout celles juste au-dessus des seuils d'éligibilité du Crous, la chasse au logement vire au cauchemar. Si les Parisiens peuvent rester chez leurs parents – ce qui ne les enchante pas toujours, mais demeure très pratique –, ceux qui ont grandi en grande couronne se trouvent dans une situation bancale : hébergés en famille, certes plus confortablement que dans 10 mètres carrés intramuros, mais condamnés à d'interminables trajets, tributaires des humeurs du réseau francilien.

Ces difficultés se retrouvent aussi dans les campus délocalisés de Sciences Po. Car, si l'école boude la banlieue dans sa stratégie immobilière, son expansion ne s'arrête pas aux portes de Paris. Depuis l'ouverture en 2000 d'une antenne dédiée aux relations franco-allemandes à Nancy, Sciences Po a essaimé en région, chaque site misant sur une aire géographique spécifique. En 2001, en plein élargissement de l'Union européenne, Dijon ouvre un premier cycle consacré à l'Europe centrale et orientale. Poitiers suit, tourné vers l'Amérique latine. Menton se spécialise sur le Moyen-Orient dès 2005, Le Havre sur l'Asie en 2007. Dernière brique ajoutée en 2010 : Reims, avec ses programmes centrés sur l'Amérique du Nord et l'Afrique.

Les élèves passent deux ans sur les campus délocalisés, avant de partir un an à l'étranger, puis de terminer leur master à Paris. Cette répartition des spécialités géographiques tient moins d'un plan d'ensemble que d'une sédimentation d'initiatives successives, ce qui alimente aujourd'hui le sentiment d'un manque de cohérence. À l'heure de la guerre en Ukraine, on s'étonne ainsi de trouver deux mineures européennes, l'une franco-allemande, l'autre sur l'Europe centrale, mais aucune consacrée à l'espace postsoviétique en tant que tel (abordé à Poitiers, mais à la marge). À leur création, les campus répondaient chacun à une logique claire, et leurs programmes restent passionnants. Mais la cartographie d'ensemble est quelque peu déconcertante en 2025. Dans son projet de candidature, Luis Vassy avait d'ailleurs suggéré de remplacer ces orientations géographiques par des spécialisations thématiques. Un an plus tard, le sujet est toujours sur la table, mais la mutation s'annonce délicate : chaque antenne repose sur un écosystème complexe, impossible à remodeler du jour au lendemain.

À l'exception du Havre, doté de bâtiments flambant neufs, Sciences Po a implanté ses campus dans les joyaux architecturaux des centres-villes : la Mission royale de Nancy, un pavillon Art nouveau à Dijon, un ancien monastère dominicain à Poitiers, l'hospice Saint-Julien surplombant la Méditerranée à Menton, et le collège des Jésuites de Reims.

Les enseignants-chercheurs de la faculté permanente ne s'y rendent que sur la base du volontariat – et il y a sans surprise plus de volontaires pour Reims, à quarante-cinq minutes de TGV, que pour Menton, là où la France touche l'Italie. Les chargés de conf' sont davantage fléchés par Sciences Po, qui sélectionne selon la disponibilité et la mobilité des candidats. L'école reste néanmoins tributaire de la bonne volonté des profs et recrute aussi sur place, notamment dans les universités locales.

D'un campus à l'autre, la vie étudiante varie radicalement. Pour ma troisième année – déjà obligatoirement passée à l'étranger à mon époque –, je suis partie en stage dans une ONG de défense des droits de l'homme au Caire.

J'aimerais dire que je m'y suis fait de nombreux amis égyptiens, mais je m'y suis surtout fait des amis *mentonnais*. Ils suivaient la mineure « Moyen-Orient » et avaient eux aussi choisi l'Égypte pour leur année d'échange. Nos expériences de Sciences Po n'avaient rien à voir. Pour moi, ç'avait été : découvrir la capitale, me perdre dans le métro, me fondre dans l'anonymat d'une promo pléthorique et m'étonner de porter une écharpe dès septembre. Les Mentonnais, eux, s'étaient retrouvés dans une ville souvent plus petite que celle où ils avaient grandi. Ils finissaient leurs journées sur la plage, et leur promo était devenue une seconde famille – il faut dire que l'offre de sociabilité alternative était limitée : « Menton, c'est 20 000 vieux sur la mer », raillaient les plus sarcastiques.

À l'époque où mes amis y étudiaient, la restauration de l'ancien hôpital Saint-Julien n'était pas encore achevée, et les cours se tenaient dans des locaux provisoires. Une quinzaine d'années plus tard, c'est avec émotion que j'ai découvert le « vrai » campus, inauguré en 2011. Difficile de ne pas être saisi par la beauté du lieu, à quelques ruelles de la magnifique basilique Saint-Michel Archange. Dominant la baie, le site offre un panorama à couper le souffle.

La Côte d'Azur est sans doute l'un des rares endroits en France à concurrencer Saint-Germain-des-Prés en termes de coût de la vie. Et ici non plus, pas de cantine. Contrairement aux étudiants parisiens, ceux de Menton n'ont accès à aucun restaurant universitaire – le plus proche est à Nice, à quarante minutes de train. Un petit snack a bien été aménagé, mais les paninis et repas sur le pouce y démarrent à 5 euros (2 euros de plus que le tarif Crous), une addition salée pour les boursiers. Les élèves déplorent également le manque d'infrastructures sportives, malgré les efforts de l'école pour nouer des partenariats, notamment avec les établissements scolaires voisins.

Côté logement, quelques chambres sont réservées aux étudiants de Sciences Po dans des résidences séparées filles-garçons, avec cuisine et sanitaires communs. Mais, là encore, pas de quoi caser tout le monde, et la plupart des élèves doivent se tourner vers le parc privé, en se refilant les baux d'année en année, comme à Paris ou ailleurs.

Ce manque de places s'explique notamment par l'absence d'université à Menton. Sciences Po peut faire venir des profs de Nice pour assurer certains cours, mais Menton n'abrite, côté enseignement supérieur, qu'un Institut de formation d'infirmiers et un IUT préparant aux carrières sociales. Lorsque les étudiants réclament un Crous, les pouvoirs publics rétorquent que l'effectif cumulé de ces trois établissements ne justifie pas un tel investissement. De quoi interroger la pertinence d'avoir implanté un campus ici.

Tous les autres se trouvent dans de vraies villes universitaires, parfois très anciennes (l'université de Poitiers remonte par exemple au XVe siècle). Tous sont accessibles en train depuis Paris en moins, voire beaucoup moins, de deux heures trente. Pour Menton, en revanche, comptez cinq ou six heures de TGV jusqu'à Cannes ou Nice, puis un TER. Les profs, eux, ont droit à l'avion pour faire l'aller-retour.

Selon la légende, cette localisation idyllique mais terriblement mal desservie s'expliquerait par la proximité de la résidence secondaire du politologue Gilles Kepel, à Gorbio, petit village perché au-dessus de Menton. Le spécialiste du monde arabe et de l'islamisme, et qui a depuis quitté Sciences Po, fut l'un des principaux artisans du campus, encouragé par Richard Descoings. Une théorie qui m'a d'abord paru tirée par les cheveux, comme je l'ai confié à une source, elle, parfaitement convaincue : « Avec Richard, m'a-t-elle répondu, rien n'était invraisemblable quand il s'agissait de facteur humain. »

À l'autre extrémité du spectre, par sa taille et sa proximité, le campus de Reims colle bien mieux à l'image classique d'un établissement d'enseignement supérieur. Avec plus de 1 500 étudiants, il est le plus vaste des sites délocalisés, et aussi le plus récent. Un temps, on a même envisagé d'en faire le cœur du collège universitaire, en cantonnant Paris aux seuls masters. L'idée a été abandonnée, mais Reims continue de se démarquer. Ses deux mineures géographiques, Afrique et Amérique du Nord, sont indépendantes l'une de l'autre, même si Crystal Cordell, directrice du campus de 2022 à 2025, s'est efforcée de créer des passerelles entre elles. Cette juxtaposition renforce le caractère très international de l'antenne, qui attire des étudiants venus des deux continents, en plus des Européens, là où les autres campus accueillent en majorité des élèves originaires de la zone qu'ils étudient.

Installé dans un ancien collège jésuite superbement restauré, Reims déploie une atmosphère rappelant Saint-Thomas, entre patrimoine monastique du XVIIe siècle et lumineuse architecture vitrée contemporaine. Ses cours arborées invitent à une ambiance studieuse, et l'une d'entre elles accueille – ô luxe – une *vraie* cantine.

Le reste de la ville est certes moins riant que Menton, et le climat moins clément – même si, personnellement, je l'ai visitée en début d'été, sous une chaleur tropicale –, mais Sciences Po y tient son standing. Après tout, on est au pays du champagne – et l'héroïne d'*Emily in Paris* ne résiste pas à une escapade dans la région, dès la saison 2, pour trinquer à grand renfort de bulles.

10

Qui paye ?

Quels montages financiers pour asseoir ces rêves de démesure ? Tandis que les visions grandioses des dirigeants successifs se matérialisent les unes après les autres, les millions dansent. Car la croissance effrénée de Sciences Po, avec ses nouveaux sites, ses effectifs en hausse et ses recrutements de profs, a un prix.

Pour tenir le rythme, l'institution s'endette. Notée A+ par l'agence Fitch en 2024, la FNSP n'a jamais eu de mal à lever des fonds. Pour financer Saint-Thomas, elle a ainsi souscrit un emprunt de 150 millions d'euros, couvrant l'essentiel des 187 millions nécessaires au projet, dont 100 millions rien que pour les travaux.

L'immobilier reste un fardeau colossal pour la fondation. Outre le remboursement de ce prêt, elle doit investir lourdement dans la rénovation des autres bâtiments. De fait, le charme de l'ancien se paie cher. Le coût des travaux prévus à partir de 2026 au 56, rue des Saints-Pères est par exemple estimé à 25 millions d'euros.

Deuxième poste de dépense majeur : la masse salariale. En 2023, elle a culminé à 127 millions pour 1 600 salariés. Les professeurs, pourtant au cœur de la mission académique, n'y sont qu'une minorité : sur les quelque 300 membres de la faculté permanente, moins de la moitié est directement payée par la FNSP, les autres étant rémunérés par l'État (fonctionnaires, professeurs des universités, professeurs agrégés ou chercheurs CNRS). En revanche, Sciences Po compte près de 500 cadres chargés de missions, et quasiment le double d'employés administratifs et techniques. Un déséquilibre que la Cour des comptes, dans un rapport de 2025, invite à corriger, en réallouant davantage de moyens aux enseignants-chercheurs. S'y ajoutent encore les 4 500 vacataires, dont la rémunération a avoisiné les 20 millions d'euros en 2023.

Pour tenir ce train de vie, Sciences Po s'appuie sur trois ressources principales – qui ne sont pas les seules, on le verra : l'argent public, les levées de fonds privés et les frais de scolarité. Ces derniers ont grimpé en flèche depuis le début des années 2000, grâce à un système ingénieux imaginé par Richard Descoings et l'économiste maison Jean-Paul Fitoussi. Mis en place en 2003, ce barème progressif adapte les droits d'inscription aux revenus familiaux. Fini le tarif unique de 1 050 euros : la scolarité varie désormais de la gratuité à 4 000 euros par an.

En 2008, Sciences Po lance un nouveau coup de massue sur les frais d'inscription. « Le projet s'appelait Objectif 2013, se rappelle un élu étudiant de l'époque. Richard Descoings nous avait présenté les choses en disant : voilà le Sciences Po magique qu'on va fabriquer d'ici 2013, et il nous avait distribué un document. À la fin, en annexe, il y avait une ligne qui précisait que, pour y parvenir, les frais de scolarité allaient être augmentés, jusqu'à 12 000 euros l'année. » L'Unef organise une fausse manif de droite : « Augmentation des frais, on s'en fout, les nouveaux paieront pour nous ! » – et c'est exactement ce qu'il s'est passé. Dès la rentrée 2009, le tarif maximal bondit à 8 500 euros en premier cycle et 12 000 en master.

La hausse s'accélère avec l'achat de Saint-Thomas. Entre 2016 et 2025, les frais de scolarité moyens grimpent de 27 % en bachelor et de 31 % en master. À la rentrée 2024, l'éventail est vertigineux : de la gratuité à 14 720 euros annuels en premier cycle et 20 380 euros en master. Le montant reste indexé sur les revenus parentaux : gratuité jusqu'à 42 000 euros annuels pour une famille avec deux enfants (un tiers des étudiants étaient concernés en 2023-2024), puis treize tranches progressives jusqu'au plafond, appliqué à partir de 285 000 euros de revenus. En pratique, la facture moyenne s'établissait 5 330 euros en bachelor et 7 350 en master pour l'année 2023-2024.

Derrière ce système sophistiqué, qui organise une redistribution interne des frais, se cache une faille de taille : il repose sur l'afflux d'étudiants aisés pour tenir debout. Une équation qui interroge la sincérité du recrutement. « Quel serait le budget de Sciences Po si ses élèves avaient le profil socio-économique moyen des familles françaises ? J'ai posé plusieurs fois la question à Richard Descoings en conseil d'administration, sans jamais obtenir de réponse », se souvient Louis Schweitzer. Son inquiétude : un scénario à la britannique. « Tony Blair avait instauré des droits progressifs, compensés par des bourses. Résultat : baisse des subventions publiques et chasse aux étudiants fortunés. Ce qui me fait encore douter aujourd'hui de ces droits d'inscription. On court le risque de voir Sciences Po préférer ceux qui rapportent à ceux qui coûtent. »

Officiellement, Sciences Po ne fixe aucun quota, faute de connaître la situation financière des candidats au moment du recrutement. L'école peut néanmoins compter sur les étudiants internationaux hors Union européenne, facturés d'emblée au tarif maximal. Quitte à les pousser à s'endetter lourdement (« comme ils le feraient aux États-Unis », justifie-t-on en interne).

Elle peut également s'appuyer sur une autre manne, aussi lucrative que prestigieuse : les diplômes d'un an à prix fixes, calqués sur les standards internationaux. Exemple : le *Master in Advanced Global Studies*, taillé pour les spécialistes des affaires internationales ayant déjà plusieurs années d'expérience, facturé à 24 000 euros. Ou encore le LLM – diplôme de troisième cycle en droit – en arbitrage des litiges transnationaux, proposé à 26 000 euros l'année. Je n'ai jamais compris comment *Master of Laws* avait fini abrégé en LLM, mais, vu la délectation avec laquelle les jeunes avocats parisiens prononcent ces trois lettres et le budget qu'ils sont prêts à investir pour décrocher ce sésame dans une fac anglo-saxonne, on comprend que Sciences Po ait flairé le filon.

Cette monétisation des diplômes est globalement admise au sein de l'institution, même si certains profs redoutent les dérives des facs américaines, où les étudiants se comportent en clients, critiquant les enseignements et se plaignant de leurs notes. En revanche, chaque nouvelle hausse des droits d'inscription rallume la contestation. Aucune manif n'a jamais fait substantiellement reculer la direction, ce qui a contribué à crisper les relations entre les élèves et l'administration. Les candidats à la tête de l'établissement l'ont bien compris : lors de la campagne de candidature en 2024, tous ont juré de ne pas toucher aux frais de scolarité. De fait, entre la perte de confiance suscitée par les crises internes successives et le contexte économique morose, les augmenter à nouveau serait aujourd'hui très risqué.

Fixée à 69 millions d'euros en 2024, la dotation du ministère de l'Enseignement supérieur constitue un peu moins d'un tiers des ressources totales de Sciences Po, établies cette année-là à 235 millions d'euros. Cette part, en recul constant ces dernières années, reste pourtant vitale pour l'école. Et l'appui public ne se limite pas à cette subvention. Salaires des professeurs d'université, agrégés et chercheurs CNRS de la faculté, locaux mis à disposition en région, caution de la Ville de Paris pour les emprunts… En additionnant tous ces soutiens, la facture grimpe à 99 millions d'euros, selon la Cour des comptes.

Néanmoins, même avec cette estimation large, le niveau d'accompagnement public reste inférieur, en proportion des ressources totales, à celui dont bénéficient la plupart des universités. Le budget annuel de Sciences Po par étudiant s'élève en effet à environ 15 700 euros, dont 6 600 euros d'argent public. À titre de comparaison, celui de Sorbonne Université est de 15 000 euros par étudiant, dont 12 850 d'argent public, et celui de Cergy Paris Université de 8 750 euros par étudiant, dont 6 700 d'argent public.

Ainsi, si un étudiant à Sciences Po coûte plus cher que la plupart des étudiants des universités, ce surplus n'est pas assumé par la collectivité, mais par l'établissement, notamment à travers la contribution des élèves eux-mêmes, comme on l'a vu plus haut.

Que l'État n'ait pas davantage soutenu le développement de Sciences Po – sa subvention progressant bien moins vite que le nombre d'étudiants – est souvent brandi par les directeurs comme preuve d'indépendance. Frédéric Mion a beau être le parrain d'un enfant d'Édouard Philippe, et Mathias Vicherat avoir assisté au mariage d'Emmanuel Macron, ni l'un ni l'autre n'ont su convaincre leurs amis de faire bondir la dotation publique de leur école.

Pourtant, quand on évoque les liaisons dangereuses entre Sciences Po et la classe politique, la crainte porte moins sur un traitement de faveur que sur une éventuelle ingérence de l'État dans les affaires internes de l'établissement. On l'a vu, cette tentation ressurgit à chaque crise. Lors de la dernière en date, Gabriel Attal n'a d'ailleurs pas hésité à rappeler l'IEP à l'ordre en agitant l'argument de l'argent public.

« Une fois qu'on a ouvert cette porte, on s'arrête où ? Cette fois-ci, c'est Gabriel Attal, et la fois d'après, ce sera qui ? » alerte Arancha González. « Nous ne sommes pas là pour servir un gouvernement ou un autre, insiste-t-elle. Nous servons un pays, une société, mais nous ne sommes pas le bras armé d'une majorité politique. » Ce qui alimente surtout les craintes, c'est la possible accession du Rassemblement national à l'Élysée.

« On s'y était préparé dès 2022, se souvient Mathias Vicherat. Évidemment, on n'aurait pas perdu toutes nos ressources publiques du jour au lendemain. Les financements fléchés, comme ceux pour les chercheurs CNRS à Sciences Po, ne disparaissent pas d'un claquement de doigts. Mais on aurait pu subir des coupes assez brutales. » Trois ans plus tard, la menace reste bien réelle. Aux États-Unis, l'offensive de Donald Trump contre les universités pourrait banaliser tant la violation des libertés académiques que le retrait soudain de financements publics. « On peut se réjouir de grappiller au passage quelques candidatures internationales supplémentaires, mais, à moyen terme, c'est une catastrophe, estime Arancha González. Tout ce qui se passe aux États-Unis finit par nous atteindre. Et ce qu'on y observe aujourd'hui, c'est une attaque organisée d'un pouvoir extrême contre les savoirs, le pluralisme, la diversité, la science, et les valeurs qui forment des citoyens libres et éclairés. » La direction de Sciences Po se veut malgré tout rassurante : l'approche américaine est trop grossière pour être décalquée en Europe. On reconnaît que la sortie de Gabriel Attal était malvenue, mais on souligne qu'aucune subvention de l'État n'a, pour l'instant, été retirée.

Certes. Mais celles de la région Île-de-France, elles, ont bel et bien été suspendues. Car l'État n'est pas le seul financeur public de Sciences Po : les collectivités apportent aussi leur écot, et pas seulement dans les campus délocalisés. En Île-de-France, la présidente de région Valérie Pécresse s'est elle aussi invitée dans la gestion des manifestations propalestiniennes. Moins de deux mois après l'intervention de Gabriel Attal, elle annonçait geler « tous les financements de la Région à Sciences Po », à la suite d'une nouvelle occupation des locaux. Ironie : en 1991, la jeune

Valérie Pécresse avait elle-même occupé le 13, rue de l'Université et dormi sur place pour protester contre le déménagement de l'Ena à Strasbourg – on a les combats qu'on peut.

Sur X, l'élue LR a imputé sa décision à « une minorité de radicalisés appelant à la haine antisémite et instrumentalisés par LFI et ses alliés islamogauchistes ». En jeu, notamment, 1 million d'euros prévus pour rénover le site du 56, une somme relativement anecdotique au regard des 235 millions de budget annuel, mais moins négligeable à l'échelle des 25 millions prévus pour les travaux. Une suspension qui a surtout offert à Valérie Pécresse un joli coup de com.

Elle a en effet conditionné le rétablissement des financements à la signature d'une « charte républicaine » rédigée par ses services, désormais imposée à tous les bénéficiaires de subventions régionales. Le texte est une suite de lapalissades juridiques – « l'établissement bénéficiaire s'engage à respecter les lois de la République » (heureusement !) – colorées d'une petite touche de nationalisme bon teint – « respecter le drapeau national, l'hymne national, la devise de la République ». Sciences Po s'est empressé de signer docilement la charte, permettant à Valérie Pécresse d'annoncer, grand seigneur, le rétablissement de la subvention, telle une maîtresse d'école levant la punition d'un élève repentant.

Là encore, l'inquiétude tient moins aux mesures elles-mêmes qu'au précédent qu'elles instaurent. Car, si la contribution des collectivités locales n'est pas vitale à Paris, elle l'est davantage sur les campus délocalisés, où les pouvoirs locaux fournissent gracieusement des bâtiments à

Sciences Po. D'où la crainte, à l'approche des municipales de 2026, de voir le RN l'emporter et fermer le robinet. Menton est en première ligne. La députée RN de la quatrième circonscription des Alpes-Maritimes, Alexandra Masson, y mène déjà une offensive musclée.

« Sciences Po n'a plus sa place à Menton », écrivait-elle sur Instagram le 26 avril 2024, en réaction aux manifestations propalestiniennes. « Le campus de Menton est désormais un nid d'islamogauchistes et d'antisémites », assurait-elle avant d'exiger sa « fermeture » et son « remplacement par un projet véritablement bénéfique pour les Mentonnais ».

La question s'est d'ailleurs posée en juin 2025, à l'expiration de la convention de dix ans liant Sciences Po à la ville, déjà renouvelée une première fois en 2015. Face à l'opposition d'une élue RN hostile à sa reconduction, le maire divers droite Yves Juhel a opté pour une nouvelle convention de deux ans, au lieu de dix, afin de laisser la décision finale à son successeur après le scrutin de 2026. De quoi faire du maintien de Sciences Po à Menton un dossier central dans la campagne des municipales.

Les directions successives ont depuis longtemps anticipé cette épineuse question – qui s'ajoute aux inconvénients pratiques évoqués plus haut, malgré un cadre mentonnais idyllique. Sous Mathias Vicherat, des discussions avaient déjà été entamées avec la ville de Nice pour un éventuel déménagement, mais la municipalité n'avait pas de site en centre-ville à proposer, un critère essentiel pour Sciences Po.

En février 2025, Luis Vassy s'est quant à lui rendu à Marseille pour rencontrer élus locaux, dirigeants d'établissement et chefs d'entreprise. Objectif affiché, « discuter du paysage de l'enseignement supérieur en sciences sociales ». En interne, on ne fait pas mystère de réfléchir à la possibilité d'y installer un campus.

« Quel symbole ce serait d'être à Marseille ! s'enthousiasme un enseignant. Le problème, c'est que les institutions n'ont pas d'argent. Elles vont dire qu'il faut d'abord rénover les écoles, les crèches… Elles ne vont pas commencer à donner à Sciences Po. » Un obstacle qui disparaîtrait si l'IEP optait pour un site appartenant à l'État. Des sources locales évoquent notamment la caserne du Muy, délaissée par l'armée de terre, mais toujours propriété du ministère. Un nouveau bâtiment militaire pour prolonger l'histoire de l'Artillerie ? Avec ses 12 000 mètres carrés de bâti et ses 15 000 mètres carrés d'espace extérieur, à deux pas de la gare Saint-Charles, la vaste caserne du Second Empire a de solides atouts. Pour autant, à l'été 2025, Sciences Po n'avait toujours pas officialisé son intérêt, contrairement à un projet de tiers-lieu social et culturel déjà défendu par un collectif associatif. Autre piste, avancée par l'édile de Marseille Benoît Payan en septembre 2024 : y installer carrément la mairie.

Mais une implantation à Marseille pourrait aussi créer un litige avec Sciences Po Aix, qui verrait d'un très mauvais œil cette concurrence directe. Depuis la création des premiers campus délocalisés – qui avaient aussitôt inquiété les autres IEP –, Paris observe en effet un pacte tacite de non-agression, renonçant à s'établir trop près de ses homologues.

Si l'école ne cache pas qu'une prospection est en cours, rien ne dit pour l'instant qu'un éventuel nouveau campus à Marseille – ou ailleurs – viendrait remplacer celui de Menton. Il pourrait simplement s'agir d'ouvrir un site supplémentaire, permettant de poursuivre la hausse des effectifs étudiants. Avec un taux de sélectivité qui écarte chaque année de très bons candidats, l'école sait qu'elle pourrait recruter plus large sans rogner sur l'excellence. Et puisque augmenter les frais de scolarité paraît exclu à court terme, augmentons le nombre d'étudiants qui les paient ! Un pari risqué, car ces nouveaux entrants entraîneront inévitablement de nouvelles dépenses. Mais, avec une stratégie bien rodée, l'équation peut tenir. Luis Vassy, en tout cas, semble décidé à y croire.

De fait, les frais de scolarité demeurent pour Sciences Po la ressource la moins volatile. Car, si l'argent public dépend des arbitrages politiques et des coupes budgétaires, les investissements privés, suspendus au bon vouloir des donateurs, sont également surveillés comme le lait sur le feu. Et le retrait brutal du milliardaire américain Frank McCourt, au plus fort de la crise de 2024, n'a fait qu'alimenter les craintes sur la vulnérabilité de l'école face à la générosité fluctuante des mécènes.

La première fois que j'ai visité le campus Saint-Thomas, à la fin de l'été 2024, le nom du promoteur immobilier américain s'affichait encore en grand sur la façade vitrée du bâtiment moderne – signe qu'on nourrissait peut-être encore l'espoir de le voir revenir. Mais à l'automne, pendant les vacances, les grosses lettres blanches indiquant le « Mc Court Institute » ont été discrètement retirées. Cet « institut », censé promouvoir la recherche sur le thème « technologie et bien commun », était le fruit d'un partenariat entre

Sciences Po, Georgetown University et le milliardaire Frank McCourt. En France, son nom ne disait pas grand-chose, sauf aux supporters de l'Olympique de Marseille, qu'il avait racheté en 2016. Un changement de culture pour cet ancien propriétaire des Dodgers de Los Angeles, mythique franchise de la Ligue majeure de baseball. Signé en 2021 et inauguré en grande pompe en 2022, l'accord prévoyait 25 millions de dollars sur dix ans pour financer des postes d'enseignants-chercheurs. Il a été suspendu au printemps 2024, victime de l'instabilité de la direction. La démission de Mathias Vicherat a été celle de trop. Le divorce s'est fait à l'amiable : les professeurs déjà recrutés continueront à être payés sur ces fonds jusqu'en 2030. Mais l'enveloppe n'a plus rien à voir avec les 25 millions promis au départ.

« Il voulait recentrer ses investissements sur l'Amérique du Nord » ; « C'est un milliardaire capricieux »... À la FNSP, on tente de minimiser l'impact des turbulences internes sur la rupture de ce partenariat colossal. Il est vrai qu'au moment de se retirer, Frank McCourt envisageait le rachat des activités américaines TikTok, alors que le Congrès entendait forcer le propriétaire chinois de l'application à les céder (un an plus tard, la Chine n'a pas plié). Mais, quelles que soient ses motivations, sa décision unilatérale révèle la fragilité d'une stratégie qui mise sur les fonds privés pour financer des projets de cette envergure.

Autre financement gelé en 2024, en réaction aux débordements des manifestations propalestiniennes : la bourse doctorale Fitoussi, créée par la famille de l'économiste, décédé en 2022. Contrairement au partenariat McCourt, celle-ci a été rétablie en 2025. Attribuée chaque année à un doctorant, elle vise à couvrir l'intégralité de ses frais de scolarité et une partie de ses frais de vie durant la durée de sa thèse, grâce à une dotation totale de 120 000 euros sur trois ans.

Cette volatilité est d'autant plus préoccupante que Sciences Po s'appuie largement sur le mécénat pour financer ses politiques sociales. Une part significative des fonds est fléchée vers le soutien aux étudiants, alimentant de vastes enveloppes pour maintenir le système de bourses. Car, si l'école fait payer des droits de scolarité élevés aux plus aisés, elle offre aussi des aides supplémentaires à ceux qui en sont dispensés. Autre domaine prisé par les mécènes, les conventions d'éducation prioritaire. Sciences Po organise régulièrement des « rencontres de l'égalité des chances », réunissant donateurs, étudiants et lycées partenaires. Un affichage qui irrite certains profs de ces établissements, souvent livrés à eux-mêmes pour la mise en œuvre du programme préparatoire, et qui peinent à comprendre où va réellement l'argent.

À l'inverse, certains financements sont beaucoup plus transparents. La Fondation Mastercard, par exemple, soutient directement des étudiants africains via un programme de bourses. Un moyen de contrebalancer, au moins en partie, la tarification maximale imposée aux étrangers hors Union européenne.

Les mécènes peuvent aussi être poussés vers la sortie. En 2022, Sciences Po a mis un terme à son partenariat avec Total, sous la pression d'une mobilisation étudiante dénonçant l'incompatibilité entre le géant pétrolier et les engagements écologiques de l'école. Arrivé à échéance, le contrat n'a pas été renouvelé. Une victoire symbolique pour les militants, même si la somme en jeu – environ 200 000 euros annuels – pesait peu dans le budget global de Sciences Po.

De manière générale, l'école a toujours veillé à éviter les cadeaux trop encombrants. Richard Descoings, par exemple, avait décliné plusieurs millions d'euros proposés par Liliane Bettencourt, qui exigeait en retour que la bibliothèque porte le nom de son défunt époux, André, malgré son passé pétainiste notoire. C'est finalement l'Institut de France qui a encaissé, inaugurant en 2019 un Auditorium André et Liliane Bettencourt. Pour cadrer ces questions délicates, l'école s'est dotée d'un comité des dons, chargé de filtrer les propositions des particuliers – notamment ceux qui souhaitent « acheter » un siège en Boutmy. Contre une somme allant de 1 500 à 15 000 euros, anciens élèves ou descendants peuvent en effet inscrire leur nom sur une plaque au dos d'un siège, pour une durée de dix à quatre-vingt-dix-neuf ans.

Mais le mécénat ne constitue qu'une partie des « fonds propres » sur lesquels Sciences Po fonde un tiers de son budget, aux côtés des frais de scolarité et des financements publics. L'école s'est en effet taillé une place de choix, et souvent gagnante, dans la course aux appels à projets français, européens ou internationaux qui canalise désormais le monde de la recherche. Elle a ainsi décroché une dotation du programme « ExcellencES » de France 2030, avec un projet sur les mutations démocratiques face aux bouleversements numériques et environnementaux. À la clé, un financement de 15,9 millions d'euros sur dix ans à partir de 2023. Mais la course est sans fin : ces financements permettent des recrutements, qu'il faudra ensuite pérenniser quand les enveloppes arriveront à expiration.

Enfin, Sciences Po fait aussi tourner la machine en louant ses murs et en mobilisant ses équipes au service de publics extérieurs. Chaque été, ses *summer schools* accueillent des jeunes du monde entier prêts à débourser 3 000 euros par mois de cours intensifs. Plus lucratif encore, le marché de la formation continue, ciblant cadres et entreprises avec des certifications sur mesure pour managers. Serpent de mer des discussions stratégiques de la FNSP, cette *Executive Education* reste encore sous-dimensionnée et peine à décoller. Pour la relancer, Sciences Po est allé chercher son nouveau directeur à HEC, poids lourd du secteur. De quoi, espère l'école, muscler cette activité pour gonfler ses ressources propres.

À Sciences Po, tout le monde s'accorde à dire que la diversité des ressources garantit une certaine indépendance. Mais la question de leur répartition nourrit un débat hautement idéologique. La Cour des comptes, en appelant à anticiper une baisse des financements publics, a mis les pieds dans le plat et suscité des réactions aux antipodes. Pour beaucoup, c'est un signal d'alarme : la dépendance accrue au mécénat menacerait la liberté académique. « Les financements publics viennent sans contrepartie », martèle une professeure de la faculté permanente, balayant la question de l'ingérence politique. Selon elle, « le problème dans l'histoire de Gabriel Attal au CA, c'est le CA lui-même : ils auraient dû se lever et quitter la pièce ! » À l'autre bout du spectre, un administrateur voit dans la mise en garde de la Cour des comptes « une recommandation de sagesse quand on vit dans un État ruiné ». Quant à la volatilité des mécènes, il en impute la responsabilité à l'école : « Par comparaison, HEC a une mécanique bien rodée, et les financements privés y sont très stables. » Reste une question, et non des moindres : peut-on vraiment piloter un institut d'études politiques comme une école de commerce ?

11

Le rêve d'une *Ivy League* à la française

S'il est de bon ton, parmi les élites parisiennes, de critiquer l'américanisation de la culture, il est encore plus chic d'afficher une ligne « New York » ou « Washington » sur son CV. Comble du bon goût : en revenir pour disséquer, avec une inattaquable légitimité, les évolutions forcément consternantes de la société américaine, tout en méprisant plus ou moins ouvertement ceux qui n'ont jamais travaillé outre-Atlantique. Cette schizophrénie bien française trouve naturellement un terreau d'expression idéal à Sciences Po, la plus parisienne des écoles internationales, et la plus américaine des institutions de la rive gauche.

« Le vrai danger pour Sciences Po, c'est de devenir une université française », prévient Jean-Claude Casanova.

Pointée du doigt comme responsable de tous les ratés nationaux, l'université était précisément le modèle que les fondateurs de l'École libre des sciences politiques entendaient ne pas reproduire. Ils lui ont opposé un système mêlant savants et hommes d'affaires, affranchi de la tutelle de l'État et adossé dès le départ à des ressources privées.

Ce cap s'assouplit toutefois dans l'après-guerre, lorsque l'Institut d'études politiques prend le relais de l'École libre. Rappelons que l'ordonnance de 1945 précise que ce nouvel établissement agit « avec l'esprit d'indépendance et de désintéressement qui est le propre de l'Université ». Bien avant l'ère Richard Descoings et la course aux classements internationaux, Sciences Po amorce un virage. Elle crée ses propres centres de recherche et ajoute à sa mission d'enseignement la construction de nouveaux savoirs – ce qui est le principe même de l'Université. En 1952 naît le Centre d'études des relations internationales (CERI), suivi en 1960 par le Centre d'études de la vie politique française (CEVIPOF). Rebaptisés depuis Centre de recherches internationales et Centre de recherches politiques, ils ont conservé leurs acronymes historiques.

Longtemps, recherche et enseignement ont avancé en parallèle, comme deux lignes qui refusent de se croiser. Il faudra attendre un coup de théâtre en 1974 pour les voir enfin se rapprocher, épisode symptomatique des relations ambiguës de Sciences Po avec l'Université, et surtout avec le pouvoir. Le 16 avril, Joseph Fontanet, alors ministre de l'Éducation nationale, publie une série d'arrêtés réorganisant les thèses. Derrière la plume, un homme clé : Jean-Claude Casanova, pas encore président de la FNSP mais déjà prof à Sciences Po, et accessoirement conseiller au cabinet du ministre. Le texte autorise, à la barbe des universités, les IEP et autres établissements publics indépendants à délivrer leurs propres doctorats. Tollé immédiat : le monopole académique vole en éclat. Sciences Po se dote ainsi d'une arme décisive pour rivaliser avec l'Université, tout en continuant à s'y adosser, portée par l'entregent de ses alliés au cœur de l'État.

Si l'IEP n'est pas une université comme les autres, c'est aussi parce que son « universitarisation » s'est jouée sur fond d'ouverture internationale. À la fin des années 1990, la mue de Sciences Po s'inscrit pleinement dans le grand chantier de Bologne, lancé en 1998 pour harmoniser les diplômes à l'échelle européenne. Jusque-là, le schéma était figé depuis la réforme de 1941 : une année préparatoire (AP) avec examen, puis deux ans de deuxième cycle, à choisir entre quatre sections (Service public, Ecofi, Section générale et Section internationale). Trois années en tout, difficilement compatibles avec l'architecture licence / master / doctorat qui s'impose peu à peu en Europe. Richard Descoings, en 1999, frappe fort. Exit l'année préparatoire : place à un premier cycle en trois ans, équivalant à une licence, dont la troisième année sera obligatoirement passée à l'étranger. Les anciennes sections de deuxième cycle, elles, se transforment en masters. Une révolution pour Sciences Po, qui change ainsi de dimension tout en épousant la logique européenne.

Peu à peu, l'enseignement et la recherche cessent de faire bande à part. À partir de 2007, Bruno Latour imprime sa marque. À la tête de la stratégie académique jusqu'en 2012, le sociologue bouscule les lignes. Au-delà de son côté fantasque et malicieux, avec son master d'arts politiques et ses humanités scientifiques, Latour mène une révolution tranquille. Il est l'un des grands artisans de la transformation de Sciences Po en université internationale. Sous son impulsion, l'école se met à recruter des chercheurs de haut vol, quitte à froisser les hauts fonctionnaires qui trustaient jusque-là les amphis.

En 2012, dans sa tribune déplorant l'éviction d'Hervé Crès, Latour défend la double révolution menée par Richard Descoings, qu'il a lui-même accompagnée de près : « Modifier enfin la formation des élites politiques et servir de laboratoire à la réforme de l'irréformable Université française. » Deux bastions qui, selon lui, n'ont guère apprécié qu'on les chahute. D'un côté, la haute fonction publique, crispée sur « cette petite école qui lui convenait parce qu'on n'y apprenait à peu près rien qui puisse remettre en cause son droit de naissance à représenter le bien public ». De l'autre, l'Université, ulcérée à l'idée qu'émerge une *university* à l'anglo-saxonne, « à la fois autonome, bien dotée, tout en restant en prise avec les élites politiques et culturelles, au centre de tous les pouvoirs ». Le sous-texte est clair : une grande université, oui, une université française, non.

Cours en anglais, pédagogies actives, formats expérimentaux : Sciences Po bouscule les habitudes. Quitte à dérouter les jeunes Français fraîchement débarqués après une année de Terminale à bachoter pour une mention « très bien », ou pire, trois ans d'hypokhâgne, khâgne et cube avant d'intégrer Sciences Po en master. « Ils n'avaient pas du tout été socialisés à interagir en cours, et souvent, ils n'avaient pas cette attente-là. L'arrivée des étudiants étrangers, plus familiers des débats en classe, a accéléré la bascule vers des formats plus interactifs », observe Christine Musselin – une autre sociologue devenue directrice scientifique de l'école.

Pour accompagner le changement de braquet, Sciences Po muscle son organisation et se dote d'« écoles » internes, chargées de piloter les masters, sur le modèle des *Graduate schools* qui structurent les universités américaines. Après l'école doctorale – pensée dès 1993 par Alain Lancelot, mais vraiment lancée sous Descoings, aujourd'hui rebaptisée École de la recherche –, l'IEP inaugure en 2004 son École de journalisme, avec à la clé un diplôme reconnu par la profession. Puis tout s'accélère : École de droit en 2009, *Paris School of International Affairs* (PSIA) en 2010, École d'affaires publiques et École urbaine en 2015, École du management et de l'innovation en 2016 (devenue depuis École du management et de l'impact).

Ces disciplines existaient déjà à Sciences Po, mais les écoles offrent un cadre structuré, professionnalisant, avec une visibilité accrue. À chaque fois, des profils prestigieux sont nommés à leur tête : le juriste Christophe Jamin pour l'École de droit, l'ancien ministre de la Culture libanais Ghassan Salamé (il l'est redevenu depuis) pour PSIA… À ce rythme, Sciences Po ne forme plus seulement des élites : elle commence à ressembler à une franchise.

À l'été 2025, en plein pic de canicule, le directeur Luis Vassy dégaine une annonce calibrée pour l'ère climatique : Sciences Po lancera une huitième école, la *Paris Climate School*, dédiée à la transition écologique. Un nouveau master, dont la première promo fera sa rentrée en 2026. À sa tête, une figure de poids : Laurence Tubiana, un temps pressentie pour Matignon. La franchise continue de s'étendre.

Autre importation des campus américains, signée Mathias Vicherat : la création d'un poste de directeur de la formation et de la recherche (DFR), inspiré du modèle du *provost* anglo-saxon. Dans la foulée, il a aussi instauré une « direction de l'engagement », dénomination quelque peu cryptique se voulant l'équivalent français du *vice president for campus life*, chargé notamment de la protection des droits des étudiants, de la lutte contre les violences sexistes et sexuelles, et des discriminations. Si la novlangue administrative n'a plus de frontières, les cultures nationales, elles, font de la résistance : deux ans après sa création en grande pompe, le poste de DFR a fait long feu, à la suite de la démission de son premier titulaire, Sergei Guriev. Avec le recul, la plupart de mes interlocuteurs s'accordent à dire qu'une telle fonction n'avait pas de sens dans l'organisation de Sciences Po.

Malgré son tropisme anglo-saxon assumé, l'école conserve des marqueurs très français, à commencer par le poids de la haute fonction publique dans sa direction. Sciences Po reste aussi arrimée au système universitaire hexagonal : une part non négligeable de sa faculté permanente en est directement issue. Résultat : un patchwork de statuts qui, en interne, alimente tensions et rivalités.

D'un côté, les chercheurs-enseignants salariés de la FNSP, de droit privé, recrutés selon un système de *tenure track* à l'américaine. Ils débutent comme *Assistant Professor* (*in English, please*), doivent rédiger leur habilitation à diriger des recherches dans un délai imparti pour espérer devenir *Associate Professor*, avant de viser, éventuellement, le graal : *Full Professor*.

De l'autre, les enseignants-chercheurs relevant de la fonction publique, recrutés parmi les professeurs d'université, et dans une moindre mesure parmi les professeurs agrégés.

Enfin, la faculté permanente compte des chercheurs du CNRS, présents à Sciences Po depuis les années 1960, lorsque le CNRS a commencé à s'inscrire dans des Unités mixtes de recherche (UMR). Mais leur statut reste très particulier. S'ils doivent obtenir l'aval des laboratoires de Sciences Po pour y être accueillis, leur recrutement et leurs carrières sont entièrement gérés par le CNRS. Et s'ils décident un jour de quitter la maison, ils repartent avec leur poste.

À statuts différents, salaires différents. Les chercheurs-enseignants de la FNSP peuvent négocier leur rémunération, tandis que ceux issus de la fonction publique restent soumis au point d'indice. La Fondation peut néanmoins leur verser des compléments pour atténuer l'écart. Une souplesse qui contribue à rendre l'enseignement à Sciences Po attractif, notamment dans des disciplines très concurrentielles comme l'économie.

L'école assume ces inégalités entre disciplines, en fonction de leur valeur sur le marché. Il en résulte que les dix plus hautes rémunérations de Sciences Po concernent, pour la plupart, des enseignants, avec des salaires allant de 178 000 et 245 000 euros bruts annuels. Des montants qui garantissent la compétitivité de l'institution sur le marché international de la recherche, mais alimentent un malaise croissant chez les 4 500 vacataires qui font, eux, tourner la boutique pour des salaires dérisoires.

Dans ce palmarès figure aussi le directeur, dont la rémunération pour 2025 atteint 200 000 euros bruts annuels – soit l'équivalent de celle du président de la République –, auxquels peut s'ajouter une prime allant jusqu'à 25 % du fixe.

Les écarts de statut ne jouent pas seulement sur les salaires, ils pèsent aussi sur la liberté de parole. Les enseignants-chercheurs de la FNSP, surtout en amont de leur *tenure track*, c'est-à-dire leur titularisation, font preuve d'une grande loyauté envers l'institution, dont dépend leur avenir professionnel. À l'inverse, les chercheurs CNRS, dont la carrière échappe au contrôle de Sciences Po, se montrent facilement critiques.

Entre les salaires confortables de la faculté permanente et la rémunération quasi symbolique des vacataires, on trouve une catégorie intermédiaire : les professeurs affiliés. Recrutés en CDD, ces professionnels reconnus assurent des cours magistraux de masters, comme le grand cours de droit administratif confié à Yann Aguila. À leurs côtés, des figures comme Pierre Moscovici, Najat Vallaud-Belkacem ou des avocats de grandes *Law firms* anglo-saxonnes. Ici, le barème s'adapte avec souplesse, surtout quand le pedigree est ministériel.

Enfin, dans la nébuleuse des 4 500 vacataires, tout le monde est mal payé (moins de 1 500 euros nets pour vingt-quatre heures de cours), mais tout le monde ne le vit pas de la même façon. Le sacrifice reste symbolique pour les consultants ou hauts fonctionnaires confortablement rémunérés par ailleurs. Il l'est beaucoup moins pour les profs de langue dont l'enseignement – à Sciences Po et ailleurs – est l'activité principale. Pour les uns, c'est une ligne sur un CV. Pour les autres, un gagne-pain. Bénévolat chic d'un côté, précarité ordinaire de l'autre, pour un salaire identique.

À Sciences Po, les fractures ne sont pas seulement salariales ou administratives, elles sont aussi générationnelles.

Tous statuts confondus, une partie du corps enseignant regarde d'un œil inquiet la montée d'une jeune recherche jugée trop militante, trop à gauche, ou simplement trop « niche ». Les critiques les plus virulentes viennent souvent d'enseignants installés, attachés à une lecture plus classique du monde social.

La querelle ne se limite plus aux vieux clivages entre politistes et économistes d'un côté, sociologues de l'autre : elle traverse désormais la sociologie elle-même. D'un côté, les partisans d'une approche centrée sur les classes sociales ; de l'autre, ceux qui intègrent les dimensions de genre ou de race. L'approche intersectionnelle, qui entend articuler ces différents facteurs de domination, cristallise les crispations. Pour ses détracteurs, c'est le cheval de Troie d'une américanisation rampante. Tout en étant fiers d'afficher leurs séjours de recherche ou d'enseignement aux États-Unis, ils en reviennent en raillant les départements consacrés à la grossophobie et l'obligation d'avertir les étudiants avant d'évoquer des sujets susceptibles de raviver des traumatismes – les fameux *trigger-warnings*. À les entendre, Sciences Po filerait tout droit dans cette direction, si on laisse y prospérer les *gender studies* et autres études postcoloniales. Qu'en est-il vraiment ?

J'ai épluché les présentations des 347 thèses en préparation à Sciences Po au printemps 2025. Toutes disciplines confondues, seules quatorze portent sur des thématiques liées aux migrations, c'est-à-dire moins de 5 %. Une trentaine (moins de 10 %) aborde des questions de genre au sens large, de la très classique problématique des inégalités salariales entre hommes et femmes à des enjeux bien plus spécifiques, comme la prise en charge médicale des mineurs trans. À titre de comparaison, le même nombre de doctorants travaille sur des sujets liés au numérique. En réalité, si une thématique contemporaine prend le dessus, c'est celle de l'écologie. Dans toutes ses déclinaisons : environnement, énergie, climat… On compte plus d'une cinquantaine de travaux en cours sur ces sujets. Mais même ces objets-là – que les profs les plus *old school* n'osent plus considérer comme une lubie *woke* – restent minoritaires. La majorité des thèses continuent à porter sur des sujets plus classiques : institutions, élections, diplomatie ou marché du travail.

Au fond, les débats sur la politisation de la recherche relèvent davantage des discussions de couloir, des apéros entre collègues ou des plateaux télé que des séances du conseil scientifique. Là, les lignes de fracture se déplacent. D'un côté, les économistes qui ne jurent que par les *Top Five* et les *Top Field*, ces revues d'élite où se joue la reconnaissance académique. De l'autre, des historiens ou des sociologues plus attachés à la qualité du contenu qu'au classement des publications.

Les enseignements dispensés à Sciences Po ont pour vocation de fournir des outils d'analyse, pas de diffuser des opinions. Y compris en économie, une discipline où l'orientation politique pourrait, en théorie, influer sur les grilles de lecture. En pratique, le département d'économie affiche une tonalité plutôt centriste. On a pu l'observer lors des législatives anticipées de 2024. Seule Julia Cagé a pris position en faveur du Nouveau Front populaire. En revanche, plusieurs autres économistes maison, comme

Jean-Marc Robin, Stéphane Carcillo, Pierre-Philippe Combes et Sarah Guillou, ont signé une tribune dans *Le Figaro* appelant à une coalition du centre. Sept ans plus tôt, Pierre-Philippe Combes avait déjà signé l'appel de quarante économistes pour Emmanuel Macron en 2017, à l'instar de Yann Algan (depuis parti à HEC) et des regrettés Jean-Paul Fitoussi et Philippe Martin.

Comme le résume bien Terence, étudiant de troisième année et président de l'association Les Républicains Sciences Po, « je ne vais pas devenir de gauche à cause de mes cours ». De quoi relativiser, au passage, le pouvoir subversif supposé de la sociologie critique.

En fait, comme dans le domaine de la recherche, les vraies nouveautés dans l'enseignement ne relèvent pas tant de l'idéologie que de la prise en compte accrue des défis climatiques et technologiques. Le mandat de Mathias Vicherat a ainsi été marqué par l'instauration d'un cours obligatoire sur l'environnement et la création de deux nouvelles entités, l'Institut libre des transformations numériques et l'Institut pour les transformations environnementales. Dans le même esprit, un nouveau master *Technology and Global Affairs* a ouvert à PSIA à la rentrée 2025, et Luis Vassy, comme on l'a vu plus haut, a lancé la *Paris Climate School* pour la rentrée 2026.

De même, dans les amphis, l'écriture inclusive fait moins débat que le recours des étudiants à l'intelligence artificielle. Après avoir tenté, début 2023, d'interdire purement et simplement l'usage de Chat-GPT dans les travaux écrits ou oraux, l'école a rapidement rétropédalé. Désormais, seule l'utilisation non déclarée est proscrite : les étudiants doivent mentionner leurs *prompts* (les consignes données à l'IA). Mais, au-delà de ce règlement, c'est la pratique pédagogique qui évolue. Les enseignants adaptent leurs exercices pour faire face à cette nouvelle donne. « Faire préparer des exposés ou écrire des dissertations ne suffit plus », explique Arancha González. De son côté, elle demande par exemple à ses étudiants d'élaborer un plan stratégique pour répondre à une situation concrète, de le défendre devant la classe, puis de se prêter au feu roulant des questions. « L'intelligence artificielle est là. Plutôt que de l'interdire, je leur demande de justifier son usage. Mais surtout, ils savent qu'ils vont devoir expliquer tout ce qu'ils présentent – donc, s'ils ne sont pas capables de s'approprier les résultats de l'IA, ça ne marchera pas. »

Revenir sur l'interdiction de Chat-GPT en 2023 relevait du bon sens : vouloir bannir un outil libre d'accès en voie de démocratisation ultra-rapide, c'était courir après le vent. À s'obstiner, Sciences Po risquait surtout de produire une génération d'analphabètes dans ce qui s'imposera comme l'un des langages du futur. Mais cette volte-face pourrait aussi être liée à des enjeux financiers.

Au printemps 2025, Sciences Po a en effet signé un partenariat avec OpenAI, le créateur de Chat-GPT. À la clé, 1 million de dollars pour financer des projets de recherches et 2 millions de crédits API, permettant d'accéder aux capacités des outils créés par l'entreprise. Ce deal s'inscrit dans le cadre du consortium NextGenAI, un club très fermé où l'on retrouve Harvard, le MIT… et, pour l'instant, une seule institution d'Europe continentale : Sciences Po.

S'il paraît plus sage de prendre le train en marche – a fortiori en embarquant dans la locomotive – que de croire pouvoir l'arrêter ou de nier son existence, les implications politiques d'un tel partenariat méritent néanmoins d'être questionnées. À Sciences Po, on m'assure que les usages des étudiants et des chercheurs ne serviront pas à entraîner les modèles d'IA, et que le partenariat, non exclusif, laisse la porte ouverte à d'autres collaborations, notamment avec des entreprises européennes. Il n'empêche, compte tenu de l'enjeu que représentera l'encadrement de l'intelligence artificielle pour les futurs législateurs, le fait que l'école qui les forme accepte des financements et des outils du leader américain du secteur n'est pas exactement anodin.

12

Et toujours autant de privilégiés…

En avril 2025, plongée dans mon enquête, je reçois sur LinkedIn un message d'Ariane, étudiante en master et présidente de Sciences Polémiques, l'association qui organise chaque année le concours d'éloquence de l'école. Pour les quinze ans du prix Philippe Séguin – rebaptisé depuis Suzanne Bastid, en hommage à cette pionnière du droit international, ancienne résistante et première femme à assurer un cours fondamental à l'IEP –, elle cherche à réunir tous ses anciens lauréats. Il se trouve que j'en avais gagné la première édition, quinze ans auparavant. Sciences Po a toujours organisé des concours d'éloquence, mais, pendant longtemps, chacun faisait le sien dans son coin. Ce n'est qu'en 2010 qu'ils sont réunis en un seul prix, baptisé en mémoire de Philippe Séguin, donc, orateur mythique et redouté.

En m'inscrivant, à l'époque, je n'avais pas mesuré le changement d'échelle qu'impliquait cette mise en commun des concours d'éloquence. Pensant participer à un événement parmi d'autres, perdu dans le flux de la vibrante vie associative sciencepiste, je me suis retrouvée, après plusieurs tours de chauffe, sur l'estrade de Boutmy face à Laurent Fabius et Gisèle Halimi. Qu'une fille de deuxième année remporte ce concours XXL avait surpris tout le monde, à commencer par moi.

Le soir même, une centaine de personnes m'ont ajoutée sur Facebook, et le lendemain, un article est paru dans *Le Monde* (en le relisant quinze ans plus tard, je comprends que je n'étais pas du tout la candidate préférée du journaliste, et ne peux m'empêcher de trouver un ton légèrement misogyne à son papier). Les jours suivants, les petites célébrités de ma promo, jusqu'alors parfaitement indifférentes, ont commencé à m'inviter à leurs soirées. J'ai même reçu, à Sciences Po, un courrier du maire de Toulouse, qui se réjouissait que le concours ait été remporté par une ancienne élève de sa ville. Et puis vint la troisième année avec son séjour obligatoire à l'étranger, et tout le monde est passé à autre chose. Après mon diplôme, personne ne m'a jamais rappelé ce prix – ni pour ses cinq ans, ni pour ses dix ans, ni en quelque autre occasion.

Et voilà que, quinze ans après, alors que je redécouvre Sciences Po à travers mon enquête, on me propose de revenir. Une soirée, une estrade, celle de Boutmy, pour évoquer mes souvenirs avec mes quatorze successeurs. J'ai dit oui, bien sûr. L'occasion rêvée de retrouver la rue Saint-Guillaume, débarrassée du vernis protocolaire imposé aux journalistes.

En m'asseyant en Boutmy, me voilà replongée dans mes années étudiantes. À première vue, si les visages ont changé, les profils, eux, semblent les mêmes : du post-ado baba-cool, aussitôt catalogué étudiant en journalisme, socio ou droit humanitaire, au mini-adulte en costume, échappé de son stage chez Deloitte (finance et strat', droit éco, affaires publiques) en passant par le branché intimidant, évidemment en communication. J'ai l'impression de retrouver mes petits camarades. Comme à mon époque, il y a une femme voilée que l'on repère tout de suite dans l'amphi parce qu'elle est la seule à l'être, et un bon nombre de filles plus sapées que pour un dîner de gala.

La seule différence notable réside dans la dégaine des finalistes masculins (trois sur six) de l'édition 2025. Contrairement à leurs prédécesseurs, ils se sont débarrassés du costume cravate au profit de la simple chemise (voire, audace, du t-shirt uni) et se sont globalement abstenus de citer le général de Gaulle dans leurs discours. Mais, comme à mon époque, ces prises de parole relèvent davantage du *stand up* intello que de la harangue tribunitienne. Difficile, en sortant de cette soirée rythmée, impeccablement calibrée, où même le petit tacle contre les interventions policières lors des mobilisations propalestiniennes semble avoir été millimétré, de voir dans le Sciences Po de 2025 un antre gauchiste.

Même impression lorsque, une semaine plus tard, je passe une nouvelle soirée à l'école, cette fois dans l'amphithéâtre extérieur de Saint-Thomas, pour assister à la pièce montée par les étudiants. Intitulé *Le Lion et le Renard*, le spectacle retrace les origines philosophiques de Sciences Po – et met en scène les multiples talents maison. Les organisateurs, étudiants eux-mêmes, ont trouvé dans leurs rangs assez de musiciens de haut vol pour constituer un véritable orchestre. Ils ont écrit le texte, chorégraphié les intermèdes dansés, et le résultat est aussi maîtrisé que sage : les personnages principaux sont Aristote (en toge), Machiavel (en culotte renaissance), Émile Boutmy (en redingote) et Simone Veil (en robe *fifties*). Tout est très documenté et très littéral – pour une école accusée à longueur de tribunes d'être le paradis du wokisme, on est bien loin de la cérémonie d'ouverture des JO par Thomas Jolly.

Si la jeunesse de Sciences Po n'est plus tout à fait la même, elle reste composée de jeunes gens brillants et ambitieux dont une partie espère certes changer le monde, mais depuis les sommets. L'ouverture sociale, bien réelle, ne modifie pas fondamentalement la donne : pour les boursiers (29 % des effectifs en 2025), Sciences Po est la promesse d'une scolarité épanouissante, mais surtout d'un avenir professionnel solide. Et ceux qui savent qu'ils n'auront, contrairement à certains camarades nés dans des milieux plus privilégiés, d'autre carte de visite que leur diplôme, mettent un soin tout particulier à l'obtenir.

La surreprésentation à Sciences Po des très bons élèves s'est encore accentuée ces dernières années, notamment avec la suppression du concours que j'évoque au chapitre 8. Alors que les commentateurs ont beaucoup insisté sur le poids des écrits de motivation (supprimés en 2025), supposés favoriser les lycéens les plus engagés au détriment des premiers de classe, la réforme a en réalité renforcé le poids du dossier académique. Dans une étude publiée en 2024, les sociologues Marco Oberti, Alice Pavie et Mathieu Rossignol-Brunet rappellent qu'à partir de 2021, au moins 95 % des admis par la voie générale ont obtenu une mention « très bien » au Bac [1]. Si les écrits de motivation ont joué un rôle,

1. Marco Oberti, Alice Pavie, Mathieu Rossignol-Brunet, *Les enjeux de la réforme des admissions à Sciences Po Paris : mérite et inégalités en*

c'est uniquement pour départager les très bons élèves entre eux, pas pour en favoriser d'autres.

Le rapport souligne un autre effet de la réforme : elle a accentué le poids des notes dans le recrutement des élèves issus des conventions d'éducation prioritaire (CEP). De 2014 à 2020, entre 37 % et 45 % des étudiants admis par cette voie étaient titulaires d'une mention « très bien ». Depuis 2021, ils sont entre 70 % et 80 % dans ce cas. Cette évolution tient surtout à la suppression des épreuves spécifiques de la voie CEP, remplacées par un système de places réservées (environ 10 % des admis en premier cycle). Alors qu'à l'origine, les élèves issus des lycées conventionnés passaient un oral différent, en lien avec un projet préparé pendant l'année, ils sont désormais sélectionnés sur dossier comme les autres. Leurs candidatures sont simplement examinées à part, garantie de leur quota, mais les critères retenus se révèlent similaires : ce sont les meilleurs bulletins qui font la différence. Une évolution que regrettent certains enseignants de ces lycées, pour qui l'oral spécifique permettait de valoriser les profils moins scolaires, mais dont la vivacité, la créativité ou la détermination représentaient un potentiel.

Avec le temps, le profil des étudiants admis par la voie CEP s'est donc aligné sur celui des admis par la voie générale. D'autant que de plus en plus de familles favorisées se sont mises à inscrire leurs enfants dans les lycées conventionnés pour bénéficier de cette voie parallèle. Une stratégie

---

tension dans une grande école, LIEPP, 2024, hal- 04822549. Tous les autres chiffres cités dans ce chapitre proviennent de cette étude ou du site de Sciences Po.

qui favorise la mixité sociale dans ces établissements, mais qui questionne l'évolution du dispositif à Sciences Po. Car, selon le rapport de Marco Oberti et ses collègues, depuis la réforme, 45 % à 50 % des admis par la voie CEP sont issus des classes supérieures.

Pour autant, le développement des conventions d'éducation prioritaire a bel et bien élargi l'ancrage territorial d'une école longtemps centrée sur l'Île-de-France. De 7 lycées partenaires en 2001, le réseau est passé à 103 en 2020, puis à 198 en 2023. Cette expansion a permis d'inclure davantage de lycées d'outre-mer, mais aussi des établissements ruraux, là où le dispositif s'était d'abord concentré sur les banlieues des grandes villes métropolitaines.

Dans le même temps, la voie générale s'est, elle aussi, timidement ouverte sur le plan social, en partie grâce à la suppression du concours. En fin de compte, Sciences Po affiche des résultats tangibles en matière d'inclusion, puisque le taux de boursiers est passé de 12 % en 2006 à 29 % en 2025. Une évolution indéniable, même si elle demeure en deçà des ambitions initiales.

Mais Sciences Po reste, dans l'ensemble, une institution majoritairement bourgeoise. L'augmentation des effectifs étudiants a permis de faire monter le taux de boursiers sans réduire la part des élèves les plus favorisés, toujours nombreux. Selon l'étude précitée, près de 60 % des admis par la voie générale sont issus des classes supérieures, et un peu plus de 20 % des classes moyennes supérieures, ce qui ne laisse que 20 % aux classes moyennes et populaires. Autre indicateur éloquent : un étudiant sur deux, toutes voies confondues, a au moins un parent titulaire d'un Bac + 5.

La domination des milieux privilégiés se trouve renforcée par l'internationalisation – l'autre grande révolution du profil des étudiants de Sciences Po. Désormais, un étudiant sur deux vient de l'étranger. Or, selon la même étude, « la voie internationale est la plus fermée socialement », avec environ 7 étudiants sur 10 issus des classes supérieures.

On l'a vu, les élèves venant de pays extérieurs à l'Espace économique européen paient d'office les droits de scolarité les plus élevés. Il n'est donc pas surprenant que cette voie attire majoritairement des jeunes issus de familles aisées. Même pour les étudiants originaires de l'UE, qui paient potentiellement moins, le simple fait d'étudier à l'étranger implique un coût important qui écarte de nombreux profils moins favorisés. La plupart des internationaux viennent donc de pays développés, avec en tête l'Italie, les États-Unis et l'Allemagne. Et ceux qui arrivent de pays en développement sont, pour l'essentiel, issus de l'élite économique locale. Certes, le programme de la Fondation Mastercard permet de financer la scolarité d'étudiants africains, et Sciences Po propose aux internationaux une bourse « Boutmy » très avantageuse, attribuée sur critères d'excellence et critères sociaux. Mais le nombre de bénéficiaires reste trop faible pour assurer une véritable ouverture sociale parmi les étudiants étrangers.

Si l'internationalisation a contribué à maintenir l'élitisme socio-économique de Sciences Po, elle a changé en profondeur le visage de l'école. Aujourd'hui, celle-ci accueille une jeunesse mondialisée venue des quatre coins du globe. Sur le papier, le campus a tout d'un melting-pot. Mais lors de mes deux soirées à l'IEP, au printemps 2025, ce cosmopolitisme ne m'a pas sauté aux yeux. Car une frontière invisible subsiste, au quotidien, entre étudiants français et internationaux. La pièce de théâtre sur les origines philosophiques de Sciences Po ou, plus encore, le concours d'éloquence relèvent typiquement des activités qui mobilisent avant tout des francophones de naissance. Même chose pour le syndicalisme étudiant, toujours largement investi par les nationaux. À tel point que certains internationaux ignorent que des représentants des élèves sont élus dans les instances de gouvernance de l'école. Syndicats et associations ont bien tenté d'angliciser leur communication. Mais dans les échanges informels, là où tout se joue, c'est évidemment le français qui domine. En réaction, des étudiants étrangers ont lancé en 2025 une *International Students Union.* Un projet à suivre de près et un révélateur des lignes de fracture qui persistent malgré le grand récit d'ouverture.

L'intégration entre étudiants français et étrangers est plus facile sur les campus délocalisés, où la taille réduite des promos favorise les rapprochements. Mais, là aussi, les affinités linguistiques l'emportent souvent, surtout en début d'année : les étudiants ont tendance à se regrouper par langue maternelle. Au-delà de la curiosité réelle et réciproque, ce sont les références culturelles et l'humour partagés qui créent les liens les plus solides.

La donne pourrait pourtant changer à la faveur du nombre croissant de Français dans les cursus strictement anglophones. Longtemps prisés des internationaux, ces programmes attirent désormais une nouvelle génération d'étudiants hexagonaux désireux d'élargir leurs débouchés professionnels.

Au-delà des cours en anglais, l'institution a consenti de vrais efforts pour accueillir dignement ses étudiants internationaux. Des personnes bilingues sont désormais présentes à tous les postes de contact avec les élèves, bien au-delà du corps enseignant. Même le mythique service des appariteurs, longtemps bastion masculin et quasi clanique, historiquement recruté par cooptation dans les réseaux bretons et basques de Paris, a fait sa mue. À l'accueil de Sciences Po, on trouve désormais des anglophones et, innovation majeure, des femmes.

Car une autre transformation, plus discrète mais tout aussi déterminante, on l'a dit, est la féminisation de la population étudiante. Là encore, le rapport de Marco Oberti et de ses collègues apporte des éclairages précieux. Si les filles sont désormais majoritaires à Sciences Po, c'est d'abord parce qu'elles sont plus nombreuses à candidater. Ensuite, elles réussissent mieux la sélection sur dossier, avec des bulletins de lycée en moyenne supérieurs à ceux des garçons. Mais l'épreuve orale, elle, joue systématiquement en leur défaveur. Les auteurs identifient plusieurs mécanismes à l'œuvre : un effet « rareté » d'abord, qui avantage les garçons lorsqu'ils se trouvent évalués au milieu d'une cohorte de filles ; un biais de jury, ensuite, les jurys non mixtes (qu'ils soient exclusivement masculins ou féminins) ayant tendance à favoriser les garçons ; enfin, une prime accordée à des compétences sociales plus encouragées chez les garçons, comme la prise de parole en public et la confiance en soi. Contrairement à une idée reçue, les jurys ne favorisent donc pas les filles dans un souci de parité. C'est au contraire *malgré* l'existence de biais sexistes qu'elles sont devenues majoritaires.

Cette féminisation de Sciences Po contribue-t-elle à renforcer son ancrage à gauche ? La question n'est pas absurde.

Elle fait écho au *gender gap* observé un peu partout dans la jeunesse mondiale : des filles de plus en plus progressistes, des garçons de plus en plus conservateurs. Une polarisation qui traverse aussi les amphis. Alors, non, Sciences Po n'est pas ce bastion woke fantasmé par tous ceux pour qui le mot est devenu une insulte (rappelons à toutes fins utiles que *woke* signifie « éveillé »). Mais le fait est là : la gauche, déjà majoritaire à mon époque, n'a cessé d'y gagner du terrain. Et à l'heure de La France insoumise (LFI) et d'Extinction Rebellion, ce n'est plus une gauche de futurs notables socialistes.

13

Progressissme bon teint, tradition contestataire et gauche mondialisée

Je suis entrée à Sciences Po l'année de l'élection de Barack Obama. Et c'est bien cette « gauche Obama » qui me vient à l'esprit en repensant à l'orientation politique de ma promo : progressiste, inclusive et gentiment sociale, mais loin de faire trembler le capitalisme. Ce n'est d'ailleurs pas l'élection de François Hollande en 2012 qui a marqué les esprits, mais l'adoption du mariage pour tous l'année suivante. Une victoire portée par la charismatique ministre de la Justice Christiane Taubira, bien plus célébrée dans les amphis que n'importe quel autre membre du gouvernement socialiste. Pour autant, l'adhésion n'était pas unanime. Je me souviens d'étudiants qui avaient défilé avec la Manif pour tous. Les débats étaient vifs, parfois tendus, mais les opposants à la loi n'étaient pas ostracisés. La gauche était majoritaire, mais pas hégémonique.

Cette majorité n'a cessé de se renforcer au fil des deux dernières décennies, comme le montre une étude d'Anne Muxel et Martial Foucault comparant les étudiants de

Sciences Po en 2002 et en 2022 [1]. Publiée sous le titre *Une jeunesse engagée*, l'enquête indique que 71 % des étudiants se déclarent de gauche au début des années 2020, contre 57 % au début des années 2000. Et la traduction de cette tendance dans les urnes suit les recompositions du paysage politique français : alors qu'en 2002, Lionel Jospin arrivait en tête des suffrages au premier tour, en 2022, 55 % des étudiants ont voté pour Jean-Luc Mélenchon. Au second, 83 % se sont prononcés pour Emmanuel Macron, et 4 % pour Marine Le Pen, 13 % ayant préféré s'abstenir ou voter blanc.

Si, en 2022, la logique du vote utile semble avoir fonctionné à plein au second tour, elle a également été à l'œuvre dès le premier, car, lorsqu'on demande aux étudiants le parti dont ils se sentent le plus proche, seuls 28 % répondent LFI. Autrement dit, beaucoup ont voté pour Jean-Luc Mélenchon non par adhésion pleine et entière, mais parce qu'il était, parmi les candidats de gauche, le mieux placé pour l'emporter. Reste que LFI, en quelques années, s'est taillé une vraie légitimité à Sciences Po. Une partie de sa jeune garde en est directement issue : Manon Aubry (promo 2012), Mathilde Panot (promo 2013), Clémence Guetté (promo 2014)… Autant de figures montantes du mouvement.

La recomposition de la gauche se reflète aussi dans le paysage syndical de Sciences Po. Longtemps hégémonique,

1. Anne Muxel, Martial Foucault, *Une jeunesse engagée. Enquête sur les étudiants de Sciences Po, 2002-2022*. Les Presses de Sciences Po, 2022. Toutes les données chiffrées de ce chapitre sont tirées de ce livre.

l'Unef, historiquement perçue comme une antichambre du PS, fait désormais face à une concurrence bien installée. Solidaires s'est progressivement imposé à la gauche de la gauche et détient, en 2024-2025, un des huit sièges étudiants des instances de gouvernance de l'école. Mais surtout, l'Union étudiante, issue d'une énième scission de l'Unef, est en pleine ascension. Plus offensive dans son discours, elle est souvent perçue comme proche de LFI. Le syndicat, officiellement indépendant, rassemble des sympathisants de toute la gauche et ne revendique aucun rattachement mélenchoniste, mais assume une proximité idéologique. Il coorganise régulièrement des événements avec Les Jeunes insoumis, et plusieurs de ses membres militent pour LFI à titre personnel. En 2024-2025, l'Unef, l'Union étudiante et l'Alternative étudiante rémoise ont fait liste commune. Leur alliance a raflé 50 % des voix dans les instances de l'école.

La liste arrivée en deuxième position est celle de Nova, une organisation spécifique à Sciences Po, apolitique, créée dans la foulée de l'élection d'Emmanuel Macron en 2017. Nova se revendique indépendante et transpartisane. Mais, dans les faits, elle est assimilée à Renaissance, plusieurs de ses représentants ayant soutenu le Président sortant en 2022. Son positionnement « neutre » séduit notamment une partie des étudiants internationaux, peu sensibles aux clivages de la politique française. Pour eux, Nova offre une forme d'engagement consensuel, et surtout moins idéologisé. De fait, si les 55 % de votes pour Mélenchon au premier tour de 2022 donnent une certaine image de l'école, il faut garder en tête que 50 % des étudiants de Sciences

Po ne votent pas, tout simplement parce qu'ils ne sont pas français.

Certes, les étudiants nationaux affichent un taux de participation record (94 % au premier tour en 2022, contre 59 % des 18-24 ans dans l'ensemble du pays), mais la politique hexagonale ne fait pas vibrer les amphis. Le mouvement social de janvier 2023 contre la réforme des retraites, par exemple, n'a suscité qu'un écho très discret sur les campus.

Dans leur enquête, à laquelle ont également répondu des étudiants internationaux, Anne Muxel et Martial Foucault ont demandé aux élèves de citer les figures politiques qu'ils admirent le plus. Arrivent en tête l'élue démocrate américaine Alexandria Ocasio-Cortez, suivie de l'ancienne dirigeante néo-zélandaise Jacinda Ardern. Derrière elles : Emmanuel Macron, Jean-Luc Mélenchon, le président ukrainien Volodymyr Zelensky et l'ex-chancelière Angela Merkel. Il est intéressant de noter que Macron, qui n'a recueilli que 21 % des suffrages au sein de l'IEP au premier tour de 2022, se positionne devant Mélenchon – sans doute grâce à sa popularité auprès d'étudiants internationaux qui ont choisi de venir en France. Sur les seize personnalités les plus citées spontanément, seules neuf sont françaises, signe d'un intérêt tout relatif pour les clivages partisans de l'arène politique nationale.

Pour autant, les étudiants de Sciences Po sont très loin d'être dépolitisés. La vie associative est bouillonnante sur les campus. Parmi les initiatives les plus dynamiques sur le terrain politique, le parlement des étudiants occupe une place de choix. L'association invite régulièrement des têtes d'affiche à débattre avec les élèves en amphi. Officiellement non partisane, elle penche toutefois plutôt vers le centre gauche, tout en ménageant quelques incursions à droite. Lors de la saison 2024-2025, on a vu défiler la secrétaire nationale d'EELV Marine Tondelier, la ministre de la Transition écologique Agnès Panier-Runacher, le député socialiste Boris Vallaud ou encore Lionel Jospin, mais aussi Charles de Courson (LIOT), le maire LR de Meaux Jean-François Copé et la vice-présidente LR d'Île-de-France Florence Portelli.

En parallèle, Sciences Po fourmille d'associations plus militantes que partisanes, souvent centrées sur des causes ciblées. Certaines répondent à des besoins concrets, comme la Grenade, l'épicerie solidaire gérée par des étudiants. D'autres adoptent une démarche plus activiste, au service des combats féministes ou LGBT+, à l'image de l'association Garces. Plus largement, la lutte contre les discriminations irrigue une grande partie de cet engagement de terrain.

L'omniprésence du combat antiraciste et la vitalité des associations visant à promouvoir les cultures arabes ont alimenté le procès en islamogauchisme, ce qui mérite qu'on s'attarde sur ce point. Sciences Po ne compte qu'une seule aumônerie, le Centre Saint-Guillaume, catholique, animé par des jésuites. Côté associations religieuses, deux structures coexistent selon des logiques très différentes : la branche locale de l'Union des étudiants juifs de France, plus communautaire que confessionnelle, et Salaam, seule association se réclamant de l'islam. À côté, d'autres collectifs comme Sciences Po Monde Arabe ou Sciences Maroc pèsent aussi dans la vie associative – parfois plus encore que les structures confessionnelles –, mais sont strictement laïques, tout comme Abya Yala (cultures latino-américaines), l'ASPO (étudiants polonais) ou la Strada (association italienne)… que personne n'aurait l'idée d'accuser d'entrisme catholique.

Selon l'enquête d'Anne Muxel et Martial Foucault, une majorité d'étudiants (54 %) ne déclare aucune appartenance religieuse ; 25 % se définissent comme catholiques, une proportion en baisse par rapport à 2002, mais qui reste supérieure à la moyenne nationale (15 % chez les 18-29 ans) et maintient le catholicisme au rang de première religion de Sciences Po. À titre de comparaison, le nombre de musulmans a certes doublé depuis 2002… mais pour passer de 2 % à 4 %, donc très loin derrière. Dans ce contexte, l'obsession autour de l'islam dans les débats sur l'école – que le président LR du Sénat Gérard Larcher s'inquiétait en mars 2024 de voir « devenir un bunker islamogauchiste » – relève moins de l'analyse que du fantasme.

Quant au lien entre islam et gauchisme, il est loin de sauter aux yeux. Certes, 81 % des étudiants musulmans de Sciences Po ont voté Mélenchon au premier tour en 2022. Mais ils ont été 100 % à voter Macron au second. Difficile, donc, de les associer à cette frange croissante de la gauche radicale qui rejette la notion de vote utile et renvoie dos à dos Renaissance et RN, préférant voter blanc ou s'abstenir. Même constat quand on scrute la programmation de Salaam. Entre une initiation à la permaculture et des événements business – conférence sur la finance islamique, ateliers networking –, l'ambiance est tout sauf révolutionnaire.

Autant dire qu'il est pour le moins hasardeux de faire de la poignée d'étudiants musulmans de Sciences Po les figures de proue des contestations qui agitent l'école. Y compris sur le front propalestinien, sur lequel je reviendrai. Défendre les Palestiniens ne revient pas à défendre l'islam, et les musulmans n'ont pas le monopole de la cause.

La culture contestataire à Sciences Po ne date pas d'hier : elle remonte au moins à Mai 1968 et s'est depuis fondue dans les habitudes de l'école. « Il y a toujours eu des occupations, raconte un chercheur de la faculté permanente, lui-même ancien étudiant. Mais celles de Sciences Po n'ont rien à voir avec celles de l'EHESS ou de la Sorbonne : pas de dégradations, jamais de blocage prolongé et, surtout, aucun renfort venu de l'extérieur. Il peut y avoir un vague ravitaillement par les fenêtres, mais, au bout de deux jours, ils sont fatigués, ils sont sales... et ils veulent rentrer chez eux. » Kate Vivian confirme : « Ça a longtemps été quasiment négocié avec les étudiants. Il y avait toujours un leader en contact avec l'administration, garant de la sécurité et de la propreté des lieux. C'est à peine s'ils ne passaient pas un coup de balai en partant... »

Frédéric Mion a eu un avant-goût de cette tradition contestataire dès son arrivée à Sciences Po. En décembre 2013, une forte mobilisation éclate contre la hausse des frais de scolarité. Rebaptisé « Occupy Boutmy », clin d'œil au mouvement des places – d'*Occupy Wall Street* aux *Indignados* de la Puerta del Sol à Madrid –, l'action bloque le conseil d'administration et occupe l'amphi principal... deux nuits de suite seulement. Le jour, les étudiants libèrent les lieux pour ne pas perturber les cours. La révolte version Sciences Po : cadrée, propre et compatible avec l'emploi du temps.

Deux mois plus tard, en février 2014, la tension monte d'un cran. Des étudiants de gauche manifestaient contre la venue du candidat FN à la mairie de Paris, Wallerand de Saint-Just. Derrière des banderoles (« Racisme, sexisme, homophobie, le FN hors de nos vies », « Vos idées tuent, on n'oublie pas »), une douleur précise, encore vive : la mort de Clément Méric, militant antifasciste et étudiant en première année, tué lors d'une rixe avec des skinheads en juin 2013. La tragédie a traumatisé l'IEP, mais également la communauté antifa, et, ce jour-là, plusieurs activistes extérieurs à l'école, vêtus de noir et le visage masqué, forcent le barrage des appariteurs. Les CRS, massés devant le 27, pénètrent alors dans l'établissement – sans réquisition, mais avec l'accord de la direction –, pour déloger les intrus. Si l'intervention choque les organisateurs, ces derniers, fidèles à l'esprit non violent des mobilisations maison, se désolidarisent des antifas. « On regrette qu'ils soient venus, ça a clairement perturbé ce qu'on voulait faire et donné une mauvaise image du rassemblement, alors que tout se passait très bien », confie à l'époque le responsable de l'Unef au média étudiant *La Péniche*.

Cette culture de la mobilisation n'est pas seulement tolérée. Elle a été, avec le temps, patrimonialisée. Ainsi, dans le beau-livre *Sciences Po, le Roman vrai*, publié par les Presses de la FNSP en 2022 pour les 150 ans de l'école, un chapitre entier célèbre le « pouvoir étudiant ». En guise d'illustrations, de grandes photos d'une manif en Boutmy contre le contrat première embauche en 2006, ou d'une occupation du 27 contre la réforme des universités en 2018.

Progressisme bon teint…

Face aux mobilisations, Sciences Po a toujours compté son lot d'étudiants de droite, hostiles aux manifs et prompts à réclamer le retour à l'ordre. Leur nombre a diminué au fil du temps, mais leurs positions se sont radicalisées. Au point de voir le syndicat étudiant UNI, qui a longtemps affiché une ligne gaulliste en dépit de passerelles informelles avec l'extrême droite, rallier de plus en plus ouvertement le RN…

14

Zemmour et le RN

Il fait déjà presque nuit, ce mardi de mars 2024, lorsqu'un petit groupe d'étudiants, principalement masculin, prend place dans l'une des salles de cours du 9, rue de la Chaise. Pas assez nombreux pour remplir un amphi, c'est dans cet élégant satellite de la rue Saint-Guillaume (un de plus !) qu'ils accueillent, pour une conférence, le député Rassemblement national Sébastien Chenu. L'événement est organisé par l'UNI, principal syndicat étudiant de droite.

Si l'Unef a longtemps été considéré comme une pépinière pour le PS, comme l'UNI le fut pour le RPR, l'UMP et LR, les lignes ont bougé à l'orée des années 2020. Quentin, le président de l'UNI Sciences Po, qui introduit la conférence ce soir-là, s'apprête ainsi à interrompre son master en communication. À la rentrée 2024, il entamera une année de césure comme collaborateur parlementaire de la députée RN Florence Goulet. Un choix qui n'étonne plus personne dans un syndicat ayant appelé à voter, entre les deux tours de la présidentielle de 2022, « contre Macron, pour la France ».

Parmi les députés RN élus ou réélus lors des législatives de 2024, plusieurs ont pioché parmi les jeunes diplômés de Sciences Po pour composer leur équipe. Certains parlementaires lepénistes sont eux-mêmes diplômés de l'IEP, comme Jean-Philippe Tanguy (promo 2012), Alexandre Loubet (promo 2018) ou Guillaume Bigot (promo 1995).

Entre un parti devenu la première force politique à l'Assemblée nationale, avec plus d'un député sur cinq, et l'école censée former les dirigeants du pays, le rapprochement est inéluctable, mais reste pour l'heure prudent. Aucun des cadres de premier plan du RN, ni la matriarche Marine Le Pen, ni son dauphin Jordan Bardella, ni leurs cinq vice-présidents, n'a étudié rue Saint-Guillaume. Chacune de leurs (rares) invitations y déclenche une manif, et une chorégraphie parfaitement rodée : d'abord, les slogans antifascistes des étudiants, ensuite, le petit tacle du lepéniste du jour sur la dictature de la bien-pensance. Pas facile de balayer d'un coup un antagonisme devenu presque folklorique.

Une autre formation d'extrême droite, en revanche, est beaucoup plus à l'aise au 27 : Reconquête, fondée en 2022 par un ancien de la maison, Éric Zemmour (promo 1979). Sa compagne Sarah Knafo, cerveau de sa campagne et vice-présidente de son mouvement, est une jeune énarque également diplômée de Sciences Po (promo 2016). Et lorsque l'association Les Amis d'Éric Zemmour est lancée pour financer son aventure politique, en 2021, c'est un ancien président de l'UNI rue Saint-Guillaume, Vincent Uher (promo 2007), qui en prend les commandes.

C'est donc tout naturellement qu'en octobre 2021, une antenne de Génération Z, le mouvement de jeunesse d'Éric

Zemmour, est reconnue comme initiative étudiante à Sciences Po. Au semestre suivant, Reconquête Sciences Po voit le jour, en pleine campagne présidentielle. Parmi ses faits d'armes, une invitation de Jean Messiha (promo 1996) pour une conférence sur l'identité et l'immigration. L'ex-cadre du RN venait d'être condamné pour injure publique, après avoir qualifié le préfet des Yvelines d'« ami des islamistes ».

L'UNI n'a jamais été majoritaire à Sciences Po, mais son histoire est intrinsèquement liée à celle de l'école. Créée en réaction à Mai 1968 pour lutter contre l'« invasion marxiste » à l'université, le syndicat compte parmi ses membres fondateurs une étudiante de l'IEP, Suzanne Marton. Dans son *Histoire du SAC* (Service d'action civique), l'historien François Audigier raconte que les premières actions du syndicat étudiant ont bénéficié du soutien de Jacques Foccart [1], alors secrétaire général de l'Élysée. C'est lui qui met Suzanne Marton et ses camarades en contact avec Charles Pasqua, patron du sulfureux Service d'action civique. L'UNI puise ainsi ses racines dans les marges les plus radicales de la droite républicaine. Longtemps adossée au parti gaulliste, elle s'est banalisée dans son ombre… avant que l'effondrement électoral de la droite, dans les années 2010, ne pousse ses militants à renouer avec l'extrémisme.

En 2015, c'est un ancien de l'UNI, Pierre Gentillet, qui lance la Cocarde étudiante, un nouveau syndicat classé à

1. François Audigier, *Histoire du SAC. Les gaullistes de choc, 1958-1969*, Perrin, 2021.

l'extrême droite. Parmi les soutiens de la première heure, Sarah Knafo, qui prépare à l'époque le concours de l'Ena sur les bancs de la rue Saint-Guillaume. Plutôt que de se démarquer en capitalisant sur sa respectabilité d'organisme historique, l'UNI s'engage dans la course à la surenchère droitière. Une course que certains de ses militants jugent trop lente : ils sautent le pas et rallient le nouveau syndicat.

Rue Saint-Guillaume, la Cocarde n'a pas d'existence officielle. Mais, depuis janvier 2025, un compte Instagram documente ses actions à l'IEP. Tout laisse penser qu'il est animé par Louise, qui a succédé à Quentin à la tête de l'UNI Sciences Po à la rentrée 2024, avant de passer la main, sans communication officielle, à une autre étudiante. Ni l'une ni l'autre n'ont répondu à mes sollicitations. Quant à Quentin, qui avait d'abord accepté de me rencontrer, il a annulé notre rendez-vous sans explication. Pour leurs camarades, il est évident que l'arrivée à Sciences Po de la Cocarde, portée en coulisses par des membres de l'UNI, a provoqué des secousses internes. La brouille semble toutefois plus stratégique que personnelle ou idéologique. La nouvelle responsable de l'UNI partage en effet toujours les tweets de la précédente sur « le nivellement par le bas déroulant le tapis rouge à l'anti-France » – formule visant la nouvelle procédure d'admission…

Parmi les coups d'éclat revendiqués par la Cocarde à Sciences Po, une salle rebaptisée « Amphi Jean-Marie Le Pen » au lendemain de sa mort, ou le collage de pictogrammes Hommes / Femmes sur les portes des toilettes mixtes. Car oui, à l'IEP, les sanitaires sont aussi devenus un terrain de bataille. L'existence de toilettes non genrées –

justifiée d'abord par des questions pratiques, tous les emplacements ne permettant pas l'installation de deux espaces WC – est célébrée comme une avancée par une partie des militants LGBT+ et vécue comme une provocation par une frange de la droite. (En journaliste de terrain, j'ai testé pour vous les toilettes de Sciences Po entre deux interviews, et si la cabine était effectivement mixte, c'est surtout la flûte à champagne vide traînant sur le lavabo, vestige d'un récent cocktail, qui m'a frappée ce jour-là.)

Fièrement exhibées sur les réseaux sociaux, les facéties de la Cocarde ont été discrètement gommées par l'administration. Les panneaux « Amphi Jean-Marie Le Pen » et les pictogrammes genrés ont été retirés en catimini, sans la moindre communication officielle de l'école.

Il arrive aussi que des militants d'extrême droite extérieurs à Sciences Po viennent jouer les gros bras pour s'opposer aux actions de la gauche étudiante. En avril 2022, en plein blocus contre l'extrême droite entre les deux tours de la présidentielle, de jeunes hommes vêtus de noir et masqués débarquent pour déloger les manifestants. La Cocarde revendique le happening, vidéo à l'appui. « Face à l'inaction des directions et de l'État, nous avons pris les choses en main : le blocus de Sciences Po vient d'être évacué par nos soins. » Le tweet mentionne également la participation de militants de Génération Z et de l'UNI. Quelques mois plus tard, c'est le GUD, tout juste ressuscité, qui vient tracter devant Sciences Po : « Reprenons nos universités, expulsons les gauchistes ! »

En mars 2023, lors des manifs contre la réforme des retraites devant le campus de Reims, des militants d'extrême droite locaux invectivent et bousculent les étudiants. Des jeunes femmes sont suivies jusque chez elles, harcelées sous leurs fenêtres, insultées au téléphone. Même mode opératoire en janvier 2024, lors du blocus de Saint-Thomas contre le retour de Mathias Vicherat après sa mise en retrait. De nouveau, un groupe de garçons masqués, capuche rabattue sur le visage, vient disperser les étudiants bloqueurs, tandis que d'autres prennent en filature un militant de Solidaires dans le métro pour le menacer.

Les activistes de gauche soupçonnent l'UNI d'être à la manœuvre. « On les voit au téléphone, et cinq minutes après, la Cocarde et le Gud débarquent », assure Anaëlle [1], de l'Union étudiante. « On sait qu'il y a beaucoup d'extrême droite dans le VIIe arrondissement, donc on a pris des habitudes pour éviter d'être suivis, on fait très attention. »

Paradoxalement, la radicalisation de l'UNI a redonné des couleurs aux Républicains Sciences Po. Association loi 1901 et non simple antenne étudiante de LR, l'organisme a survécu aux naufrages électoraux du parti, là où d'autres sections universitaires ont sombré. À Sciences Po, il fait désormais figure de dernier bastion de la droite républicaine.

« Jusqu'en 2022, l'UNI et LR Sciences Po étaient assez liés, on partageait des membres des deux côtés, certains Républicains Sciences Po figuraient sur les listes de l'UNI… » explique Terence, président de l'association et militant LR depuis son plus jeune âge. « Mais à la présidentielle, il y a eu une rupture nette : l'UNI s'est engagée pour

1. Le prénom a été modifié à sa demande.

Éric Zemmour, quand nous avons soutenu naturellement Valérie Pécresse. Maintenant, on a des élèves qui nous font remonter leurs préoccupations sur différents sujets, parce qu'à leurs yeux, on reste la voix de la droite étudiante, même si on n'est pas un syndicat. »

De fait, Les Républicains Sciences Po capte aussi des étudiants de centre droit qui votent probablement Macron, en l'absence d'une branche de Renaissance active à l'école. Le collectif « Sciences Po avec Macron » n'a rien posté sur les réseaux sociaux depuis l'été 2024, et la présentation de l'équipe épinglée sur son compte Instagram est toujours celle de la rentrée 2023. Après la dissolution, largement incomprise chez les soutiens du Président, le mouvement n'a pas reconstitué de bureau étudiant pour l'année 2024-2025.

Alors qu'au niveau national, LR reprend pied sous l'effet de l'ascension de Bruno Retailleau, entré au gouvernement et désormais président du parti, sa branche sciencepiste semble elle aussi regagner en vitalité. Mais, dans l'extrême incertitude politique actuelle, difficile d'y voir plus qu'un frémissement. Épilogue du « en même temps » et amorce d'un retour au bipartisme ? Ou dernier soubresaut d'une culture politique en voie d'extinction, prise en étau entre les héritiers du macronisme et la montée en puissance du RN ? À Sciences Po comme ailleurs, la droite, aussi minoritaire soit-elle rue Saint-Guillaume, reflète sans surprise les bouleversements qui redessinent le paysage politique national.

Au-delà des organisations partisanes, plusieurs étudiants de Sciences Po ont fait de leur opposition aux revendications des féministes et des antiracistes un fonds de commerce. Symptomatique de l'époque, leur stratégie consiste à détourner le vocabulaire de leurs adversaires pour promouvoir les idées d'extrême droite. Une initiative baptisée « Sciences Pandore » se donne ainsi pour mission d'offrir une voix aux profils « silenciés à Sciences Po ». Parmi leurs invités, Andréa Kotarac, porte-parole de Marine Le Pen à la dernière présidentielle, ou Miklos Szantho, proche du Premier ministre hongrois Viktor Orbán.

Certains étudiants tentent aussi leur chance en solo, à la faveur d'une aventure médiatique individuelle, parfois sous la bannière d'une association, parfois sans aucune attache syndicale ou partisane. Depuis qu'en 2014, Eugénie Bastié, alors en master à Sciences Po, a boosté son stage au *Figaro Vox* par un article railleur sur la *queer week* organisée par une association LGBT+ de l'école, le filon fait des émules. Régulièrement, la rubrique « opinion » du journal de droite accueille la prose indignée d'un étudiant, ciblant l'une des nombreuses manifestations organisées sur les campus. Tous n'ont pas le talent de plume d'Eugénie Bastié, et l'effet de surprise s'est estompé. Mais, en période creuse, un papier bien racoleur sur la rue Saint-Guillaume peut encore valoir à son auteur une invitation sur CNews.

À leur décharge, les étudiants de droite ont longtemps vu dans la médiatisation de leurs combats le seul moyen d'exister dans un établissement dominé par la gauche. « Depuis la rentrée 2024, on en a moins besoin », reconnaît Terence, de LR Sciences Po, qui salue un dialogue plus ouvert avec l'administration depuis l'arrivée de Luis Vassy. Il cite en exemple l'annulation d'une conférence du géographe suédois Andreas Malm, figure de l'écologie radicale, dont certains propos sur les massacres du 7 octobre 2023 avaient suscité la polémique. « Quand on a appris que la conférence n'aurait finalement pas lieu, on a supprimé les tweets dans lesquels on avait ressorti tous les propos de Malm, car ils étaient devenus inutiles, et Sciences Po n'avait pas besoin d'un nouveau scandale, raconte-t-il. Nous, on n'est pas là pour tacler l'école, quand on médiatise un sujet, on ne le fait pas de gaieté de cœur. Si on peut passer par un canal plus discret et éviter que Sciences Po reprenne l'affaire en pleine figure, on préfère. »

Sens aigu des responsabilités ou simples intérêts bien compris ? Toujours est-il que cette approche contrôlée de la médiatisation n'est pas partagée par tous. Au printemps 2025, Pablo, étudiant de troisième année, a écumé journaux et plateaux de droite pour promouvoir un livre dénonçant la « terreur » que feraient régner, selon lui, les associations féministes à Sciences Po. Mis en cause par l'administration de Poitiers pour son attitude agressive, notamment vis-à-vis du personnel, il a écopé d'une mesure conservatoire lui interdisant l'accès au campus – une décision toute symbolique, puisque prise à la fin de l'année scolaire. Pablo est aussi visé par une sanction de la section disciplinaire pour violences sexuelles, à l'issue d'une enquête de la CEIP, connue pour son exigence sur la matérialité des faits (seuls 4 dossiers sur 37 déférés en 2023). Mais dans son livre, ces accusations s'évaporent. Il les remplace par le récit d'un concours d'éloquence où, affirme-t-il, son discours profondément féministe, adoptant le point de vue d'un violeur pour mieux le dénoncer, aurait suscité l'ire d'étudiantes manquant de second degré. Celles-ci, pour se venger, l'auraient ensuite accusé à tort d'avoir touché les fesses d'une étudiante. Et c'est par pure soumission à cette guérilla hystérique que l'administration et la section disciplinaire auraient pris des sanctions contre lui.

Ce qui frappe avec ce livre, c'est sa trajectoire. Autoédité en ligne à l'automne 2024, il a aussitôt eu les faveurs du *Figaro étudiant*, qui en a publié les bonnes feuilles. Je les avais lues à l'époque, et fus donc surprise, cinq mois plus tard, de retrouver ces mêmes bonnes feuilles… sur le site de *Marianne*. Entre-temps, le texte avait attiré un vrai éditeur, L'Observatoire. Lancé pour de bon, Pablo a pu faire le tour des médias Bolloré (CNews, Europe 1, *JDD*) et de quelques autres publications de droite, toutes persuadées qu'un contenu, aussi mince soit-il, devient cliquable dès lors qu'il est question de Sciences Po.

En face, certains étudiants de gauche ne résistent pas non plus à l'appel des plateaux, qu'il s'agisse de servir une cause ou de soigner son image – les deux allant souvent de pair. Dans ce climat, entre la soif de médiatisation de quelques-uns, la fascination du petit écran pour la rue Saint-Guillaume et le caractère hautement inflammable du conflit israélo-palestinien en France, les suites du 7 octobre 2023 ne pouvaient que dégénérer.

15

« *Free Palestine !* »

Lorsque j'étais étudiante à Sciences Po, il était tout à fait possible d'y passer cinq ans sans assister à un seul cours sur le conflit israélo-palestinien ni traverser la moindre manif sur ce sujet, relégué aux marges de l'agenda diplomatique global. Un effacement qui semble s'être poursuivi, puisque, dans l'enquête d'Anne Muxel et Martial Foucault sur la politisation des étudiants de Sciences Po publiée en 2022, le mot « Palestine » n'apparaît tout simplement pas.

Cette indifférence surprend Khaled, jeune Palestinien diplômé de l'université Bir Zeit, à Ramallah, lorsqu'il débarque rue Saint-Guillaume à la fin de l'été 2023 pour y parfaire sa formation en relations internationales. Profitant de la campagne semestrielle des initiatives étudiantes – qui permet à tout élève de soumettre un projet au vote pour bénéficier d'un statut officiel –, il met donc sur pied un groupe de sensibilisation à la situation dans son pays à travers des actions culturelles : *Students for Justice in Palestine*. Le nom, abrégé en SJP, est emprunté à une association historique lancée en 1993 sur le campus de Berkeley, en

Californie, et devenue depuis une sorte de franchise informelle dans les facs du monde entier.

Le lundi 9 octobre 2023, le Conseil de la vie étudiante valide officiellement la liste des initiatives reconnues : SJP en fait partie. Mais, entre la clôture des votes et l'annonce des résultats, le monde a basculé. À l'aube du samedi 7 octobre, la branche militaire du Hamas franchit la barrière de Gaza pour attaquer des bases militaires, des kibboutz et un festival de musique, assassinant près de 1 200 personnes. Parmi elles, Omri Ram, 28 ans, un ancien étudiant qui, quelques mois plus tôt, traversait la Péniche pour rejoindre ses cours.

Pour Sciences Po endeuillée, l'indifférence n'est plus permise. Dans un mail annonçant la mort d'Omri Ram, le directeur, Mathias Vicherat, condamne au nom de l'école les attaques terroristes du Hamas. Mais alors que débute la riposte israélienne, dans une bande de Gaza bouclée, interdite aux journalistes internationaux, les premières images surgissent : des vidéos de bombardements, filmées par ceux qui en sont la cible. Et parmi les étudiants, une interrogation émerge : ces massacres-là ne méritent-ils pas, eux aussi, d'être nommés et condamnés ?

Dès le 10 octobre, une pétition circule, adressée à Mathias Vicherat. Plusieurs élèves y dénoncent une prise de position unilatérale. Ils expriment leur « profonde déception » face à une déclaration qui « ne mentionne pas une seule fois le peuple palestinien, ni le contexte de l'occupation militaire israélienne en violation du droit international ». S'ils disent partager la douleur causée par la mort d'Omri Ram et des civils israéliens, ils s'étonnent de l'absence d'une reconnaissance équivalente des pertes palestiniennes, déjà estimées à plus de 700 morts à Gaza. Une empathie à géométrie variable, qui trouble et divise.

Mathias Vicherat les remercie pour « leur important message » et affirme à son tour sa « solidarité avec les Israéliens et les Palestiniens victimes de violence et de haine ». « Tous les civils doivent être protégés, en tout temps et en tous lieux » [1], écrit-il. Mais son attitude conciliante ne désamorce pas la critique : les signataires relèvent que cette réponse, privée, n'a pas été diffusée aux étudiants par les canaux officiels. Surtout, elle ne contient toujours aucune référence explicite à l'offensive israélienne à Gaza, ni au contexte d'occupation militaire.

À côté de ces étudiants sensibilisés de longue date, nombreux sont ceux qui, enfants ou même pas encore nés lors de la deuxième Intifada, n'ont connu Gaza qu'à travers le prisme du Hamas et du blocus israélien. Eux cherchent d'abord à comprendre. SJP, qui, un an plus tôt, aurait probablement réuni quelques poignées de volontaires pour des projos de films et des cercles de lecture, voit ses événements afficher complets plusieurs jours à l'avance. Rapidement, l'association monte en puissance. Elle invite à Sciences Po des personnalités de premier plan : l'ambassadeur d'Afrique du Sud, dont le pays a saisi la Cour internationale de justice pour génocide présumé, ou Francesca Albanese, rapporteure spéciale des Nations unies sur les territoires palestiniens occupés.

« Je me suis politisée avec SJP », raconte Anaëlle, alors en première année, qui reconnaît qu'en arrivant à Sciences Po,

1. Cet échange était rédigé en anglais, c'est moi qui traduis.

elle ignorait presque tout du conflit – comme la plupart de ses camarades. « Moi, j'avais déjà un keffieh, mais beaucoup l'ont acheté sur Vinted ou leboncoin pendant la mobilisation », sourit une étudiante plus âgée.

Khaled, retourné depuis à Ramallah, a laissé un souvenir admiratif à tous ceux qui l'ont côtoyé, y compris parmi ses adversaires politiques et au sein de l'administration de l'école. La directrice de l'engagement, Kate Vivian, décrit SJP comme une association solide, sérieuse et dans le dialogue, bien que sans complaisance : « Ils jouent le jeu d'une vie associative grinçante mais respectable. »

Son initiative la plus marquante restera sans doute la conférence du 5 mars 2024, organisée avec Attac Sciences Po, réunissant trois figures emblématiques : Rony Brauman, ancien président de Médecins sans frontières, Ivar Ekeland, président de l'Association des universitaires pour le respect du droit international en Palestine, et la juriste Rima Hassan. La jeune femme, née dans un camp de réfugiés palestiniens en Syrie et naturalisée française à sa majorité, huit ans après son arrivée dans les Deux-Sèvres, annoncera le lendemain sa candidature aux élections européennes sur la liste de La France insoumise, mouvement auquel elle n'était jusqu'alors pas affiliée. Mais son ascension médiatique fulgurante, alimentée par les polémiques, en fait déjà une figure controversée pour une partie des élèves, qui demandent l'annulation de la rencontre.

Mathias Vicherat choisit de la maintenir, au prix d'un important dispositif de sécurité. Alors que les opposants à Rima Hassan se préparent à tracter dans le hall du 13, rue de l'Université, où doit se tenir l'événement, la juriste est discrètement introduite dans le bâtiment avec deux heures et demie d'avance. À l'extérieur, la police est sur les dents, prête à intervenir au moindre débordement. Finalement, la conférence se déroule dans le calme, offrant un remarquable exemple de débat universitaire tendu, mais respectueux. Dans l'assistance, des membres de l'Union des étudiants juifs de France (UEJF) attendent le moment des questions pour engager un dialogue musclé avec la juriste, qui répond sans se défiler. La discussion a-t-elle fait évoluer les points de vue ? Probablement pas, mais chacun repart avec la satisfaction d'avoir pu s'exprimer.

Parallèlement aux conférences, des manifestations sporadiques surgissent à partir d'octobre 2023. Des étudiants se couchent dans des housses mortuaires pour un *die in* dans le cloître de Saint-Thomas, forment une chaîne humaine entre les différents sites du campus ou quittent les cours avec un peu d'avance pour observer une minute de silence en Péniche.

Le 29 novembre, Journée internationale de solidarité avec le peuple palestinien, un drapeau est déployé rue Saint-Guillaume, devant l'entrée de l'école. Autour, des manifestants en keffieh scandent « Qu'est-ce qu'on veut ? Un cessez-le-feu ! ». Face à eux, des militants de l'UEJF brandissent des banderoles : « Condamnez le Hamas » et « Libérez les otages ». Les deux camps s'apostrophent. Un appariteur intervient pour les tenir à distance. Durant quelques minutes, chacun tente de couvrir les slogans de l'autre, puis les deux groupes se dispersent sans échanger un mot.

Une partie de ces manifestations, autorisées, sont pilotées par SJP. D'autres, plus informelles, émanent d'un autre collectif créé dans la foulée : le Comité Palestine. Sans existence officielle, le groupe organise des happenings hors des clous, convaincu que l'approche institutionnelle ne suffit plus face à l'urgence à Gaza. « Ils sont symptomatiques de l'épuisement des formes de lutte traditionnelles, avec l'idée que la manif et la pétition ne servent plus à rien », analyse un professeur de la faculté permanente, fin observateur du mouvement. « À l'heure des réseaux sociaux, ils jouent la perturbation, la viralité. »

Sans porte-parole attitré, le comité fait néanmoins émerger des figures médiatiques, comme Hicham – aujourd'hui collaborateur parlementaire de Rima Hassan – et Hubert, un étudiant plus jeune, devenu lui aussi un visage familier des plateaux télé. Insaisissable, le collectif prend de court l'administration. Celle-ci a d'ailleurs modifié depuis son règlement : désormais, tout tract ou affiche doit porter le sigle d'une association reconnue – ce que le Comité Palestine n'est pas – ou le nom de l'étudiant qui en assume la responsabilité juridique. Une mesure dérisoire face à un collectif qui s'organise et se déploie presque exclusivement en ligne, mais qui a pour effet d'exaspérer ses membres.

Portée à des degrés divers par ces deux organisations propalestiniennes, la mobilisation est globalement soutenue par les syndicats de gauche, en particulier l'Union étudiante – qui prête d'ailleurs ponctuellement son logo au Comité Palestine pour lui permettre de tracter en contournant le nouveau règlement.

De nombreux élèves étrangers s'impliquent activement dans le mouvement, rompant avec une tradition de neutralité bien ancrée. « En général, les internationaux sont difficiles à mobiliser, explique un militant. Ils paient une blinde leur année, ils ne comprennent pas pourquoi on veut virer le directeur, ils veulent juste aller en bibli. » Mais, contrairement aux soubresauts de la vie politique française et aux crises internes de l'école, la cause palestinienne les touche. Certains y sont sensibilisés de longue date, venant de pays où le sujet occupe une place médiatique importante. L'école accueille en effet des étudiants du Moyen-Orient, mais aussi de Columbia. L'université partenaire de Sciences Po à New York est devenue l'épicentre mondial de la mobilisation. Portée par leur engagement, la communication s'internationalise : les tracts se rédigent en anglais ; les syndicats français découvrent de nouvelles formes d'action. Sciences Po, traditionnellement moins contestataire que les facs parisiennes, devient la figure de proue du mouvement, cultivant son lien avec le reste de la capitale via ses étudiants en double diplôme, notamment à la Sorbonne.

Au cœur des revendications : la condamnation des crimes de guerre à Gaza, un appel au cessez-le-feu et, surtout, la rupture des partenariats conclus par Sciences Po avec quatre universités israéliennes – Ben Gourion du Néguev, Reichmann, l'Université hébraïque de Jérusalem et celle de Tel Aviv. SJP et les autres acteurs mobilisés les accusent de liens avec l'armée israélienne et de complicité dans les massacres perpétrés dans la bande de Gaza.

Ces revendications reprennent mot pour mot les positions adoptées par Sciences Po après l'invasion de l'Ukraine, un an et demi plus tôt. À l'époque, le conseil scientifique et le conseil de l'Institut avaient publié un communiqué en français, en russe et en ukrainien pour condamner la guerre.

Mais, surtout, l'école avait suspendu, dès le 5 mars 2022, tous ses partenariats avec des universités russes. Une décision douloureuse, explique un membre de la faculté permanente. « Ça a été un crève-cœur. C'était totalement contraire à nos valeurs, à nos engagements, à ce à quoi on croit, et parfois à des relations tissées depuis des décennies. On savait qu'en rompant, on abandonnait aussi des collègues, qu'on les marginalisait... »

Cette rupture s'était imposée après la publication, le 4 mars, d'un communiqué de l'Union des recteurs et des rectrices de Russie, apportant son soutien à l'invasion en Ukraine et appelant les universités à faire bloc derrière l'armée. « 100 % de nos partenaires en Russie ont signé cette lettre, explique la directrice de l'engagement Kate Vivian, à l'époque directrice par intérim des affaires internationales. Évidemment, personne n'est dupe de la manière dont les choses se sont déroulées. Mais, justement, c'était une preuve de la mainmise du pouvoir et de l'absence totale de liberté académique. On n'a pas rompu les partenariats pour boycotter la Russie. On l'a fait par conviction que ces universités n'étaient plus des lieux sûrs pour nos étudiants en mobilité. » Quelques jours plus tard, le 10 mars, France Universités adoptait la même ligne, rompant à son tour ses partenariats avec la Russie.

Pour Kate Vivian, la ligne est claire : si les présidents d'universités israéliennes venaient à apporter collectivement un soutien officiel à l'offensive, comme en Russie, il faudrait suspendre les partenariats. « Cela prouverait que la liberté académique n'est plus respectée », tranche-t-elle. Le directeur de l'époque, Mathias Vicherat, estime lui aussi que la comparaison entre les deux contextes ne tient pas : « Les universités russes sont étroitement tenues par le pouvoir. C'est très différent en Israël. S'il y a un lieu de débat, de contradiction – et même de pacifisme –, ce sont bien les universités. »

La question est d'autant plus épineuse qu'en accédant à la demande des étudiants propalestiniens, l'école ouvrirait une boîte de Pandore. Que faire, alors, des liens académiques avec la Chine, elle aussi accusée de génocide – en l'occurrence contre les populations ouïghoures ? Pas moins de quatorze universités partenaires y sont recensées, dont la prestigieuse Tsinghua, très proche du Parti communiste chinois, qui compte parmi ses anciens élèves Xi Jinping et Hu Jintao.

Mais l'argument d'une suspension fondée sur des critères purement académiques ne convainc pas les étudiants mobilisés. Pour eux, le sentiment d'un « deux poids, deux mesures » entre la cause palestinienne et les autres est fortement ancré. Ils rappellent qu'en avril 2022, le conseil de l'Institut a appelé à faire battre Marine Le Pen. Ce n'était pas politique, ça ?

Les premières semaines, Mathias Vicherat réussit pourtant à faire vivre un dialogue : autoriser certaines manifestations en les encadrant, arbitrer entre des propositions jugées légitimes et d'autres plus provocatrices, et toujours expliquer publiquement ses décisions. « Beaucoup d'étudiants internationaux ne connaissaient pas la législation française encadrant la liberté d'expression, explique-t-il. Pour certains élèves anglo-saxons, notamment, tout relevait du *freedom of speech*. J'ai essayé de prendre en compte cette différence culturelle en pariant sur la pédagogie avant d'entrer dans un processus disciplinaire. » Jusqu'à début décembre, la situation reste ainsi sous contrôle. « C'était tendu, il y avait des événements, il y avait des happenings, mais ça tenait », se souvient-il.

Mais la tension monte à mesure que la direction s'enlise dans la crise provoquée par les accusations de violences conjugales visant Mathias Vicherat. À sa mise en retrait de sept semaines, qui donne l'impression d'une école sans tête, succède la période agitée de son retour contesté, fin janvier, sans que la procédure à son encontre ait substantiellement avancé. Les manifestations réclamant son départ se succèdent et se mêlent à celles exigeant un cessez-le-feu, jusqu'à sa démission le 12 mars 2024.

Dans ce climat délétère, personne ne se précipite pour assurer l'intérim. Mais combien de temps une institution en pleine crise peut-elle tenir sans tête ?

16

Le poison de la défiance

Pendant deux semaines, le bureau du directeur reste désespérément vide. Car, si beaucoup rêvent du poste, gérer l'intérim est une tâche ingrate. Le Premier ministre Gabriel Attal, qui a ostensiblement affiché sa volonté de reprendre en main son ancienne école, a bien une idée : le conseiller d'État Patrick Gérard. Fort d'une longue expérience dans l'enseignement supérieur, du CNOUS au rectorat en passant par la Dgesco, cet ancien dircab de Rachida Dati période garde des Sceaux semble avoir le profil idoine. Mais l'idée de lui confier une mission aussi exposée, avec tant à perdre et si peu à gagner, tient de la gageure. Surtout de la part d'une majorité qui a décidé de supprimer l'Ena... alors que Patrick Gérard en était le dernier directeur, et qu'il avait défendu l'institution jusqu'au bout.

Rien de personnel dans son refus, balaie-t-il cependant un an plus tard. Simplement, il s'était engagé à assurer la vice-présidence du jury du concours de l'École nationale de la magistrature à Bordeaux, début septembre – or l'intérim n'aurait pas été achevé à cette date. Il concède toutefois qu'il aurait peut-être décliné, même sans cet engagement. « Des intérims dans une situation aussi enflammée et inflammable, ce n'est pas évident du tout. »

Jean Bassères, qui a finalement écopé du poste le 26 mars 2024, ne saurait le contredire. Au début, pourtant, l'ancien patron de Pôle emploi ne s'inquiète pas outre mesure de ces militants bruyants mais bien élevés, qui lui servent du « monsieur le directeur » et défendent leurs revendications maximalistes avec la rigueur d'un exposé de droit constitutionnel. Persuadé qu'il ne s'agit que d'une turbulence passagère, il se met au travail avec enthousiasme. Mais la crise s'installe. Et c'est lui qui reste à l'arrêt.

Les étudiants mobilisés ont investi les marches de l'escalier menant à la direction – un grand classique de la contestation à Sciences Po. « Il y avait des gens qui partaient, des gens qui revenaient. L'idée c'était juste de marquer une présence, explique une militante. On ne bloquait pas. On était juste assis sur les marches, certains faisaient leurs devoirs… » Face au risque d'enlisement, la direction choisit la manière forte : elle traduit une partie d'entre eux en section disciplinaire. Pour les étudiants, le message est clair : Jean Bassères est l'homme du gouvernement, envoyé pour étouffer la contestation.

D'autres griefs attisent une défiance déjà vive et tendent un peu plus le rapport de force. Depuis la démission de Mathias Vicherat, Pierre Catalan, le directeur de la vie étudiante, assure une forme de continuité auprès des élèves. C'est à lui, notamment, que les associations s'adressent pour organiser des événements. Il garde un œil attentif sur les mobilisations, allant jusqu'à surveiller les *posts* Instagram des étudiants mobilisés, dont beaucoup ont des profils publics. Agacés, certains finissent par le bloquer. Mais ils ne tardent pas à repérer un inconnu qui regarde toutes leurs stories. En faisant une recherche inversée de sa photo sur Google, ils découvrent qu'il s'agit d'un portrait issu d'une banque d'images, répondant à la requête « homme arabe ». Une petite manip plus tard, ils identifient l'adresse rattachée au compte, qui n'est autre que le mail personnel de Pierre Catalan.

« Je n'aurais jamais dû utiliser cette photo », regrette aujourd'hui le directeur de la vie étudiante, admettant que « ça pose des questions sur [ses] biais ». Mais il ne remet pas en cause la démarche en elle-même, affirmant y avoir été conduit par les alertes d'étudiants troublés par la virulence de certains messages émanant de leaders du Comité Palestine. L'un d'eux a notamment écrit : « Il n'y a pas d'Israélien innocent [...] Tout Israélien est un combattant armé dans un territoire occupé [1] » – des propos qui ont suscité un sentiment d'insécurité chez certains élèves, au point qu'une jeune femme s'est présentée dans son bureau paniquée à l'idée que l'auteur de la publication sache qu'elle était juive. Dans ce contexte, Pierre Catalan estime qu'il était de son devoir de rester vigilant sur ces publications.

Saisie de l'affaire, la commission de déontologie – simple organe consultatif – a pudiquement rappelé qu'espionner les élèves sous un faux compte ne relevait pas de sa fiche de poste, et l'affaire en est restée là. Mais, pour le Comité Palestine, la confiance avec le directeur de la vie étudiante

1. C'est encore moi qui traduis de l'anglais.

est rompue. Accessoirement, les militants ont trouvé un nouveau motif d'affichage : des portraits de l'« homme arabe » coiffés du slogan « *Big Brother is watching you* » commencent à fleurir sur les murs du campus.

L'épisode est d'autant plus malheureux qu'il alimente, chez certains étudiants, la perception de biais racistes au sein de l'institution – au point d'entraîner des accusations visant des agents sans aucun lien avec l'affaire. « Vous faites ça parce que je suis racisée ! » s'entend ainsi objecter un appariteur alors qu'il s'interpose lors d'une manifestation. « Qu'une étudiante me dise ça, ça m'a profondément blessé, raconte-t-il. J'avais envie de lui dire : mais si vous saviez, j'ai grandi en cité, moi ! »

Dans ce contexte éruptif, une assemblée générale étudiante se tient le 24 avril. Elle vote l'occupation du campus de Saint-Thomas, mais se prononce aussi pour l'ouverture d'un dialogue avec la direction. Si les revendications restent inchangées, le ton se veut plus diplomatique. La rupture des partenariats devient ainsi « une enquête sur les partenariats en vue d'une éventuelle rupture ». Les étudiants mobilisés exigent aussi la suspension des sections disciplinaires et, inspirés par Columbia, l'organisation d'un *town hall* – du nom donné, à l'origine, aux réunions publiques tenues dans les mairies américaines (« personne n'a compris », s'amuse rétrospectivement un prof). Autre idée piquée aux États-Unis : l'installation de tentes dans la cour pour occuper les lieux nuit et jour. Le campement compte quelques dizaines de personnes lorsque, ce même 24 avril, Jean Bassères quitte l'établissement, pas spécialement préoccupé.

Mais le gouvernement lui met la pression pour déloger les occupants. Vers 22 heures, il saute dans un taxi et retourne à Sciences Po. Hors de question de céder sur les partenariats ou les sections disciplinaires. Mais un *town hall*, après tout, pourquoi pas ? Il propose donc cet accord aux étudiants, assorti d'un ultimatum : s'ils refusent, la police interviendra.

En AG, les débats sont vite pliés : cette concession est jugée insuffisante, l'occupation est maintenue. Les plus aguerris prennent la parole pour alerter : la police peut intervenir à tout moment, ceux qui préfèrent l'éviter feraient mieux de partir. Ils conseillent en particulier aux étudiants internationaux de rentrer chez eux : avec un simple titre de séjour comme pièce d'identité, mieux vaut ne courir aucun risque avec la préfecture. Un bon tiers des occupants, dont la majorité des étrangers présents, quitte Saint-Thomas.

Conformément à l'organisation horizontale de l'AG, un nouvel émissaire est désigné pour annoncer à Jean Bassères le maintien du blocage. L'administrateur provisoire, excédé par cette valse d'interlocuteurs qui l'oblige à repartir à chaque fois de zéro, hésite à appeler la police. Il a conscience que ça ne se fait pas à Sciences Po, que ça va jaser le lendemain, et pas seulement du côté des étudiants. Sans parler des risques de débordement, de violence… Mais, s'il laisse faire, les militants vont s'installer, rejouer Columbia, et lui va se fâcher avec l'exécutif qui s'impatiente. Il appelle la police.

Les étudiants sont sonnés. Les plus jeunes, paniqués, s'éclipsent dès la première sommation. Les soixante-dix restants sont évacués dans le calme, aux alentours de minuit et demi.

Jeudi 25 avril, Sciences Po se réveille avec la gueule de bois. Du côté de la direction, on tente de relativiser en exhumant de vieux exemples d'interventions policières : oui, l'épisode de la veille est inhabituel, non, il n'est pas historique. Mais le malaise monte chez les profs, nombreux à s'indigner de cette profanation du sanctuaire universitaire. Chez les salariés, certains parlent du coup de sang de trop et dénoncent le management parfois brutal de ce haut fonctionnaire sanguin, volontiers provocateur dans ses critiques de l'institution et peu soucieux des formes, en dépit d'un contexte où le moindre écart peut devenir un symbole. Quant aux étudiants, ils se hâtent de le rebaptiser Jean « Ba-CRS ».

L'Unef, qui soutenait jusqu'alors la mobilisation de loin – certains de ses membres estimant que le Comité Palestine avait brûlé l'étape du dialogue –, se dit cette fois extrêmement choquée. De nombreux étudiants qui ne partagent pas les revendications du mouvement ne comprennent pas que celles-ci ne puissent être débattues. Beaucoup vivent comme une agression l'approche disciplinaire adoptée par l'administrateur provisoire.

L'occupation reprend donc le jour même, cette fois rue Saint-Guillaume. Parmi les étudiants évacués la nuit précédente, plusieurs ont dormi chez des camarades logés en centre-ville, faute de RER pour les ramener en banlieue. À l'approche d'une nouvelle nuit sans rentrer chez eux, l'effervescence monte, la fatigue et l'anxiété n'entamant pas l'euphorie de l'action collective. Des jeunes peu mobilisés jusqu'alors se joignent au mouvement, convaincus de vivre un moment historique. Une asso vient même apporter des repas, juste avant la fermeture des portes du campus. Cette fois, les étudiants passent la nuit sur place.

À l'aube, ils empilent tables et chaises pour verrouiller les accès intérieurs. Dehors, d'autres élèves affluent pour bloquer les portes. Manifestants, journalistes et personnalités politiques convergent jusqu'au 27. Aux fenêtres flottent pancartes et keffiehs. Antoine Léaument, Aymeric Caron, Éric Coquerel… Toute la journée, des députés de La France insoumise se relaient pour haranguer les manifestants. Vers 11 h 30, la voix amplifiée de Jean-Luc Mélenchon s'élève au-dessus du tumulte. Il n'est pas là, mais a tenu à adresser un message aux manifestants, qui l'écoutent dans un silence attentif, sinon recueilli, parler d'eux comme de « l'honneur de notre pays, l'image la plus forte que nous puissions donner du fait que les Français n'acceptent pas le terrible génocide à Gaza ». « Vous serez bien sûr soumis à toutes sortes de pressions et de brutalités, enchaîne-t-il. Mais j'ai la certitude que vous y résisterez. »

« Avec l'enceinte brandie comme un truc sacré, c'était vraiment *habemus papam*, quoi », raille une membre de l'Unef, attachée à l'indépendance des syndicats vis-à-vis des partis politiques. Mais la plupart des étudiants mobilisés apprécient l'implication de LFI, qu'ils voient à la fois comme une caisse de résonance médiatique pour leurs revendications et une protection vis-à-vis de la police : « Les flics osent moins gazer des députés. » Vers 13 heures, l'arrivée de Rima Hassan manque de provoquer un mouvement de foule. La juriste, désormais officiellement investie par La France insoumise, aimante toutes les caméras.

À l'intérieur, les négociations ont repris entre Jean Bassères et les étudiants, qui parviennent dans l'après-midi à un accord inespéré. La direction accepte d'organiser un *town hall* et de lever les sanctions disciplinaires lancées à la suite de l'occupation des escaliers. En échange, les étudiants s'engagent à évacuer le bâtiment. En réalité, la plupart ne sont pas satisfaits de ce compromis, leur principale revendication – la suspension des partenariats – restant à nouveau lettre morte. Mais ils commencent à fatiguer et voient dans la proposition une opportunité de clore le bras de fer sur une note de victoire. Pour marquer leur sortie, ils décident d'une dernière action : se peindre les paumes en rouge en signe d'accusation contre l'école, coupable à leurs yeux d'avoir du sang sur les mains.

Sur les réseaux sociaux refait surface, presque instantanément, une photo de presse datée du 12 octobre 2000, au début de la seconde Intifada. Ce jour-là, deux réservistes israéliens, retenus dans un commissariat de Ramallah, avaient été lynchés à mort par une foule palestinienne. L'un des meurtriers était apparu à la fenêtre exhibant ses mains couvertes de sang. Très vite, les étudiants sont accusés d'avoir choisi à dessein un symbole incitant aux meurtres d'Israéliens. Tous ceux que j'ai interrogés depuis jurent qu'ils ne connaissaient pas cette photo – la plupart n'étaient pas nés à l'époque – et disent avoir été bouleversés en la découvrant. Mais la mécanique s'emballe, et l'accord conclu entre la direction et les manifestants, au lieu d'être présenté comme une promesse d'apaisement, est aussitôt dénoncé comme une capitulation par la presse de droite. Le lundi, *Le Figaro* titre en une : « Sciences Po s'incline face à la pression islamogauchiste », tandis que, sur CNews, Manuel Valls livre son analyse : « J'appelle ça de la lâcheté, j'appelle ça une reddition face à l'islamogauchisme et j'appelle ça de la soumission. » L'ancien Premier ministre compare ensuite la situation de l'école au roman *Soumission* de Michel Houellebecq, « qui anticipait ce que voulait dire la soumission face à l'islamisme », et évoque comme solution possible le vieux rêve des politiques : mettre Sciences Po sous tutelle.

Le 2 mai au matin, le *town hall* tant attendu se déroule dans une ambiance électrique en Boutmy, retransmis sur écran géant dans un autre amphi et relayé en direct pour les absents sur les groupes WhatsApp. De 10 heures à midi, des prises de parole millimétrées s'enchaînent sous l'égide d'un Jean Bassères surpréparé, donnant au public l'impression que l'issue du débat est déjà écrite. Sur les partenariats notamment, les patientes démonstrations des profs expliquant pourquoi ils refusent de rompre avec leurs collègues israéliens convainquent peut-être une partie de l'auditoire, mais donnent aux plus mobilisés l'impression que l'affaire est pliée.

Alors que la discussion touche à sa fin, un étudiant prend la parole. Il affirme qu'être juif ne l'a pas empêché de participer à toutes les actions du mouvement : « Nos identités juives n'ont pas à être instrumentalisées pour la politique d'Israël ! Être antisioniste, ce n'est pas être antisémite ! » Jean Bassères le coupe : « Ce que vous venez de dire est choquant ! Je regrette qu'on termine sur ça ! » Dans la salle, une autre voix fuse : « On n'est pas choqués ! Je suis juif, on est pour la paix ! » La rencontre, jusque-là maîtrisée, se termine dans un brouhaha général. Bien des témoins s'exaspèrent de voir Jean Bassères perdre son calme si près du but. À peine le *town hall* terminé, le 27 est réoccupé. Le lendemain matin, les CRS investissent la Péniche.

Alors que les examens approchent, la fièvre monte également à Reims. Le campus est bloqué, les premières épreuves sont annulées, et les suivantes délocalisées en urgence à l'université des sciences. À Paris, les examens ont lieu comme prévu, mais la tension ne redescend pas. Moins d'une semaine après le *town hall*, une centaine de manifestants se retrouvent de nouveau rue Saint-Guillaume, encouragés par Louis Boyard et admonestés par François-Xavier Bellamy. Le député LFI et l'eurodéputé LR finissent par se prendre le bec pour le plus grand bonheur des caméras, encore une fois nombreuses. Les forces de l'ordre interviennent pour évacuer la rue, et deux étudiants sont placés en garde à vue pour rébellion.

Fin mai, les images du bombardement meurtrier d'un camp de déplacés à Rafah relancent la mobilisation. Le 14 juin, une poignée d'étudiants perturbe la sacro-sainte *garden party* des alumni : les invités, contraints de marcher sur un tapis maculé de faux sang, sont pris à partie par les manifestants, dénonçant les activités des entreprises partenaires dans les territoires occupés. Deux semaines plus tard, au Grand Rex, les cérémonies de remise de diplômes tournent à la tribune : plusieurs étudiants prennent la parole pour dénoncer les massacres. Dans le public, on brandit des panneaux « Il n'y a plus d'université à Gaza », et on fait circuler des keffiehs jusqu'à ce que le personnel de sécurité les confisque. En plein mois d'août, 25 étudiants apprennent que la section disciplinaire a été saisie à leur encontre, clôturant une année de défiance et d'incompréhension.

Devant la confusion ambiante, les enseignants de Sciences Po peinent à parler d'une seule voix. Aucun de ceux que j'ai rencontrés ne soutient la rupture des partenariats avec les universités israéliennes, même si une petite minorité regrette que le débat n'ait pas été ouvert. En revanche, beaucoup comprennent l'émotion des étudiants face à la tragédie de Gaza, et plusieurs soutiennent le principe de la mobilisation. Parmi les militants, il y a « des têtes pensantes qui nous rendent fiers », confie un prof de la faculté permanente. « Par leur modération, par leur capacité à maîtriser le langage du droit international, par leur ouverture sur le monde. On reconnaît là nos étudiants. »

D'autres enseignants adoptent un ton nettement plus critique et multiplient les interventions médiatiques pour discréditer le mouvement. « Ce qui prime, ce n'est pas le débat, c'est l'absence de pensée », juge dans *Le Figaro* l'élu local Olivier Béatrix, chargé de conf' en droit économique. Dans le *JDD*, le magistrat administratif Patrick Martin-Genier, enseignant en droit public, suggère quant à lui une fermeture temporaire de l'établissement. Les étudiants se sentent trahis, jetés en pâture à la vindicte de l'extrême droite sur les réseaux sociaux. Le 30 avril, le média en ligne *Blast* publie des captures d'écran de messages envoyés sur un groupe WhatsApp d'enseignants, où fusent les commentaires méprisants. La mobilisation y est qualifiée d'« antisémite », de « pathétique d'instagrammisation », portée par des étudiants « paresseux » et « incapables de lire un livre ». Une chose est sûre : ces derniers savent lire l'article de *Blast*, qui fait aussitôt le tour des campus.

Au-delà des profs, de nombreux salariés partagent l'indignation des étudiants face au drame de Gaza, mais ne comprennent ni leurs méthodes ni leurs slogans. De fait,

« Qu'est-ce qu'on veut ? Un cessez-le-feu ! » a progressivement laissé place à « Israël assassin, Sciences Po complice ! ». Une ligne rouge pour certains. « Nous ne sommes pas complices de ce qui se passe à Gaza ! » proteste un appariteur. « Moi, quand ils disent "Ne nous regardez pas, rejoignez-nous", je trouve ça hyper fort. Mais accuser tous ceux qui ne les suivent pas d'être complices ? Ça ne tient pas. » Kate Vivian abonde : « Il faut le reconnaître : une petite frange du Comité Palestine, au contraire de SJP, ne milite pas pour la Palestine, mais contre l'institution. »

Moins spécifique à Sciences Po, mais tout aussi inflammable, le slogan « *From the river to the see, Palestine will be free* » cristallise les polémiques. Pour ses détracteurs, il s'agit d'un appel à la destruction d'Israël – un État palestinien s'étendant du Jourdain à la Méditerranée signifiant, de fait, l'effacement d'Israël de la carte. Une lecture que réfute Anaëlle, étudiante mobilisée. Selon elle, ce mot d'ordre porte un espoir de coexistence, celui d'un État binational. Une position cependant loin de faire consensus : pour ses opposants, parler d'État binational revient à nier l'existence d'Israël comme État juif – autrement dit, à acter sa disparition.

Pourtant plus sobre, le slogan « *Free Palestine !* », un temps affiché aux fenêtres de la salle des doctorants du Centre d'histoire, est critiqué suivant la même logique. « Pour certains, *Free Palestine !*, ça peut vouloir dire l'exclusion d'Israël de la Palestine », m'explique un membre du centre. Après plusieurs mois de discussions, les lettres majuscules imprimées sur des feuilles A4 et scotchées sur les vitres ont été décollées, ce qui a été vécu comme un soulagement par certains et n'a fait l'objet d'aucune contestation.

Aux yeux de nombreux salariés, les actions coup de poing ont fini par éclipser les initiatives plus constructives. « Ces étudiants-là avaient un écrin formidable pour faire valoir leurs idées : organiser des happenings pacifiques, des lectures publiques, inviter des intellectuels, des responsables politiques… Et à côté de ça, ils ont fait la place de la Nation avec le keffieh, le mégaphone, en bloquant les gens, en bousculant, en faisant de la coercition et en nous accusant d'être complices », soupire notre appariteur. « J'ai plein de collègues qui me disent : ils ont raison de gueuler sur Gaza, mais alors ils déconnent de faire ça comme ça ! »

Souhaitant tirer les leçons de ces impasses, Jean Bassères dévoile en septembre un « plan de rentrée » censé rétablir un climat plus apaisé : cours sur la liberté d'expression, recrutement d'étudiants médiateurs, nouveaux espaces de dialogue avec l'administration et un cycle de douze leçons pluridisciplinaires sur le conflit israélo-palestinien. Mais une meilleure connaissance du contexte est-elle vraiment en mesure de désamorcer les tensions ? Sur le campus de Menton, où le Moyen-Orient est au cœur des enseignements et où le conflit est abordé de manière plus systématique, le sujet n'en est pas moins brûlant.

17

À Menton, de l'idylle au huis clos

Une carte postale en noir et blanc de Jaffa dans les années 1930, quelques vers de Mahmoud Darwich, la recette d'un gâteau de semoule à l'orange… À l'automne 2020, sur le campus de Menton, l'initiative étudiante Sciences Palestine s'emploie à faire vivre la culture palestinienne à travers expositions, lectures et ateliers. Une gageure en pleine célébration des accords d'Abraham, ces pactes de normalisation signés entre Israël et plusieurs pays arabes sous l'égide des États-Unis, sans contrepartie concrète pour Gaza ou la Cisjordanie. Des *deals* trumpiens aux faux airs de « fin de l'histoire » qui arrangent bien les chancelleries – et tant pis pour les Palestiniens, qui de toute façon n'intéressent plus grand monde.

Mais, sur le campus délocalisé de Sciences Po consacré au Moyen-Orient, où se côtoient étudiants originaires de la région et jeunes du monde entier, on rêve encore de solution à deux États en mangeant des mezzés. Sciences Palestine s'est fait une place sur le campus, mais sa survie reste en suspens à chaque rentrée : avec un turn-over complet tous les deux ans, difficile pour un collectif étudiant de s'inscrire dans la durée. Celui-ci tient bon, avec son militantisme très XXIe siècle, entre commandes solidaires de bijoux à un atelier féministe de Ramallah et book-clubs en anglais autour d'autrices américano-palestiniennes en vogue.

En 2022-2023, le ton se fait plus offensif. Les appels à manifester aux couleurs du drapeau rouge, noir, blanc et vert remplacent les teintes pastel des affiches annonçant les ateliers cuisine. Une inflexion portée par le tempérament des nouvelles figures du bureau, sans pour autant entamer le positionnement globalement consensuel du collectif.

Au-delà de la vie associative, l'ambiance est plutôt chaleureuse à Menton, où sont réunis près de 400 étudiants, dont deux tiers d'étrangers – une proportion record à Sciences Po. Avec plus de 70 nationalités représentées, c'est le plus cosmopolite des campus délocalisés. Parmi les élèves, des jeunes venus du Moyen-Orient, mais aussi des États-Unis, notamment via le double diplôme avec Columbia, d'Australie ou d'Europe. Ceux originaires d'Israël, de Palestine ou du monde arabe incarnent une jeunesse polyglotte, tournée vers le dialogue, confiante dans les vertus de la diplomatie. Cela n'empêche pas des tensions d'émerger ponctuellement, mais elles restent en général sous contrôle. Tout change le 7 octobre 2023.

Alors que les images des massacres perpétrés par le Hamas commencent à circuler, un étudiant poste sur le groupe WhatsApp du campus un message de condoléances à l'attention de ceux qui pourraient avoir perdu des proches. En guise de réponse, plusieurs émojis du drapeau palestinien s'affichent. Le 8 octobre, la nouvelle équipe de Sciences Palestine publie sur Instagram un message évoquant une « attaque contre Israël » menée par des « résistants palestiniens de Gaza ». Immédiatement, la députée RN des Alpes-Maritimes Alexandra Masson dénonce une apologie du terrorisme et réclame l'expulsion des étudiants à l'origine du post. Le compte Instagram est aussitôt basculé en privé, avant d'être rouvert quelques jours, expurgé du message incriminé, accompagné cette fois d'un communiqué affirmant que le « soutien à la Palestine ne tolère ni n'approuve la violence prenant des civils pour cible ». Mais le message d'origine a déjà fait le tour du monde.

Il est notamment parvenu à Denis Charbit, professeur à l'Open University de Tel Aviv. Le politiste, Israélien de gauche militant de longue date pour la paix, doit enseigner à Menton à partir de janvier un cours d'un semestre consacré au conflit israélo-palestinien. Une venue planifiée de longue date, mais que le 7 octobre et ses répliques viennent ébranler. Ne vaudrait-il pas mieux, dans ce climat, proposer un sujet plus neutre ? Un enseignement sur les relations franco-israéliennes, par exemple ?

C'est Youssef Halaoua, le jeune patron du campus, qui le convainc de maintenir son cours initial. Lui-même ancien étudiant de Sciences Po Menton, passé par l'Agence nationale du sport, où il a notamment travaillé à la préparation des JO, il passe sans transition du seul sujet vaguement consensuel de l'agenda politique français à la plus polarisante des passions hexagonales. Et, dans ce contexte, il est convaincu que le cours de Denis Charbit sur le conflit israélo-palestinien est plus nécessaire que jamais.

De fait, sur le campus, il a suffi de quelques jours pour que l'ambiance idyllique de l'été indien sur la Côte d'Azur laisse place à un huis clos anxiogène. Des captures d'écran de *stories* Instagram propalestiniennes partagées à titre individuel sont signalées à l'administration parisienne par des étudiants qui y voient une apologie du terrorisme. En réaction, les auteurs des publications incriminées appellent leurs camarades à la vigilance : sur les groupes de promo, chacun est sommé de surveiller l'autre. On traque les perturbateurs d'un côté, les balances de l'autre, et de nombreux étudiants, choqués à la fois par les massacres du Hamas et par la tuerie qui s'installe à Gaza au nom de la riposte israélienne, se trouvent pris en étau et réduits au silence.

C'est dans cette ambiance délétère que Denis Charbit arrive sur le campus en janvier. Dès son premier cours, il donne le ton – liberté totale de parole pour aborder tous les sujets, sans tabou : « Je suis Israélien, leur dit-il, pas l'ambassadeur d'Israël en France. On ne me fait pas venir de Tel Aviv pour que vous vous autocensuriez. » Pas d'inquiétude, les Mentonnais ont depuis longtemps renoncé aux précautions langagières. Après un bref résumé de son parcours, les premières questions fusent : « Dans quelle unité avez-vous fait votre service militaire ? Où étiez-vous pendant la guerre du Liban ? » Le prof encaisse, sans se démonter. « En Israël, ce sont des questions banales, mais en France, en général, personne n'ose les poser. En l'occurrence, j'avais été infirmier, donc, de leur point de vue, j'étais *clean.* »

La suite du cours est à l'avenant. Le politiste met cartes sur table : dresser la liste des idées reçues pour mieux les déconstruire. « Si je vous dis "Israël", quelles associations négatives vous viennent-elles immédiatement à l'esprit ? » Les réponses ne se font pas attendre : colonies en Cisjordanie, guerre, Netanyahou… « Et comme association positive ? » Silence. Plusieurs longues secondes passent avant qu'une étudiante américaine ne se risque à murmurer : « La démocratie ? »

« Ça m'a frappé, reconnaît Denis Charbit. En Israël, en tout cas jusqu'au 7 octobre, nous avions encore l'impression de bénéficier d'un certain *soft power*. Nous savons bien que Netanyahou et les colonies suscitent l'indignation générale, mais celle-ci nous paraissait contrebalancée par la Tech, les séries comme *Fauda*, le cinéma ou encore la littérature israélienne… »

Sans se décourager, il déroule le programme du semestre. Chaque semaine, un aspect du conflit israélo-palestinien abordé à partir de documents, avec, pour chaque séance, trois étudiants chargés de présenter trois grilles de lecture : celle d'Israël, celle des Palestiniens et du monde arabe, celle des Nations unies. D'un cours à l'autre, les élèves jouent le jeu. « L'expérience a été enrichissante, alors qu'au même moment, des blocus s'organisaient. Il faut faire la distinction entre ce qui se déroule sur le campus et dans les salles de classe. En cours, la connaissance l'emporte sur les partis pris idéologiques. »

C'est aussi le sentiment des étudiants, nombreux à saluer le cours de Denis Charbit. Mais, en dehors des séances, le ton change. Dès qu'on quitte le terrain de la réflexion historique pour l'actualité brûlante et les mobilisations en AG, l'injonction à choisir son camp s'installe. « J'ai eu le sentiment qu'on ne pouvait pas penser librement, se souvient une étudiante, alors en première année. Il fallait être totalement d'un côté ou totalement de l'autre. » La pression monte à mesure que les manifestations s'organisent. Ceux qui participent aux sit-in mais refusent les blocus sont pointés du doigt par les plus radicaux, qui les accusent de ne pas être de « vrais » défenseurs des Palestiniens. Sur les groupes WhatsApp, le climat devient irrespirable. Plusieurs étudiants juifs, ou simplement touchés personnellement par le conflit, finissent par les ouvrir avec appréhension, tant chaque discussion menace de dégénérer.

La mobilisation phagocyte la vie associative, tout l'événementiel mentonnais tourne désormais autour de Gaza. En mars, trois semaines après sa conférence sur le campus parisien, la juriste Rima Hassan fait le déplacement, accompagnée du député mélenchoniste Manuel Bompard. Comme à Paris, LFI saisit toute occasion de consolider son ancrage auprès des sympathisants de la cause palestinienne. En pleine campagne pour les européennes, c'est la seule présence politique annoncée sur le campus. Aucun événement n'est organisé en lien avec le scrutin : Gaza éclipse tout le reste.

Fin avril, alors que la situation dégénère à Saint-Germain-des-Prés après la première intervention policière, la pression monte à Menton. À l'annonce du *town hall*, des étudiants demandent qu'une délégation soit envoyée à Paris pour y participer. L'administration accepte d'envoyer deux d'entre eux, en prenant en charge leurs billets de train, à une condition cependant : que la menace d'occupation nocturne de l'hospice Saint-Julien, agitée par les militants, ne soit pas mise à exécution. Le deal est signé avec Youssef Halaoua.

Mais le jeune directeur fait face à la même désorganisation militante que Jean Bassères à Paris. Quelques heures après le compromis, l'étudiant avec qui il avait négocié l'après-midi lui annonce qu'il n'a pas l'accord de sa base. Dans la soirée, une vingtaine de contestataires plantent des tentes et s'installent pour la nuit. C'est la provocation de trop pour la direction, qui annule illico le voyage prévu à Paris… à la grande déception des deux élèves qui n'ont pas participé à l'occupation et viennent, en toute innocence, demander leurs billets de train le lendemain matin. Non seulement ils ne les obtiennent pas, mais l'administration décide la fermeture du campus, alors que les examens sont sur le point de commencer. Privés d'accès à la bibliothèque en pleine dernière ligne droite des révisions, dans une ville sans autre infrastructure universitaire, les très nombreux étudiants qui n'avaient pas pris part à l'occupation se retrouvent pénalisés. Saint-Julien rouvre finalement trois jours plus tard, et les partiels se tiennent dans une ambiance sous haute tension.

En septembre, le départ en troisième année des étudiants les plus âgés – dont plusieurs figures du mouvement contestataire – et l'arrivée d'une nouvelle promotion contribuent à un climat plus apaisé.

« Quand je préparais mon oral d'admission, j'étais en contact avec une élève de deuxième année qui me disait parfois : aujourd'hui on bloque, se souvient Élise [1], admise à Sciences Po Menton à la rentrée 2024. Je me demandais : est-ce que je fais le bon choix ? J'étais également prise en

1. Le prénom a été modifié à sa demande.

double licence à Assas, et j'ai beaucoup hésité, ça me faisait un peu peur – pas le fond des revendications, mais la forme, le risque de ne pas pouvoir étudier sereinement ». Finalement, l'attrait pour la richesse du programme l'emporte, et elle ne le regrette pas.

À l'automne, l'ambiance a changé. Parmi les deuxième année, personne ne veut reproduire le climat anxiogène du printemps, et on prend cette rentrée comme un nouveau départ. « La semaine d'intégration était magique », sourit Élise. Signe de cette envie de légèreté, parmi toutes les associations présentes sur le campus, ce sont surtout le BDE ou le bureau des sports qui croulent sous les candidatures. « J'ai eu l'impression que c'était presque plus sélectif que l'entrée à Sciences Po », s'amuse l'étudiante. La cause palestinienne est loin d'avoir déserté les esprits, mais les pourparlers en cours à Doha autour d'un cessez-le-feu à Gaza nourrissent l'espoir d'un apaisement, et les étudiants tentent de se recentrer sur leurs cours.

Denis Charbit, attendu en novembre à l'Open University de Tel Aviv, accepte de prolonger son séjour à Menton en septembre-octobre, mettant à profit chaque jour, jusqu'au dernier, de son année pas vraiment sabbatique. À la rentrée, il propose un nouveau cours sur la société israélienne, dispensé en français, de 8 heures à 10 heures… qui attire moins les foules que son enseignement sur le conflit de l'année précédente. « L'expérience reste concluante, même à une plus petite échelle, car les étudiants propalestiniens restent disposés à discuter et à débattre. »

À l'approche de l'anniversaire du 7 octobre, les tensions refont surface. Sur le fameux groupe WhatsApp collectif, un appel circule pour un rassemblement le 8, afin de commémorer les victimes d'« un an de génocide à Gaza ». Certains s'interrogent : pourquoi rien le 7 pour les victimes israéliennes ? Immédiatement, le débat s'enflamme, dégénérant en invectives plus qu'en échange d'arguments. Le 8, des tags apparaissent sur la façade : « Un an de résistance, un an de génocide », « Bienvenue Luis Vassy, du sang sur vos mains ». « Ça dessert la cause, et ça donne une mauvaise publicité à notre école », déplore Élise – tout en regrettant elle-même que la France ne soit pas plus mobilisée en faveur de la Palestine. « Ça ne fait que fournir des arguments à ceux qui nous traitent d'islamogauchistes », conclut-elle.

Très vite, politiques et médias locaux se jettent sur l'affaire, précipitant Sciences Po dans un nouveau *bad buzz.* « On venait à peine d'arriver, on avait bossé dur pour être là, on découvrait un campus multiculturel, laïque, ouvert et bienveillant… et en un seul événement, tout s'effondre. Comme si les journalistes n'attendaient que la chute de Sciences Po », explique Élise. Motif particulier d'indignation, la formulation d'un média local, finalement corrigée, évoquant « 60 % d'étudiants étrangers, surtout issus du monde arabe ». « Ça nous a choqués, explique Élise, le message, c'était : regardez ce qu'il se passe, c'est des Arabes ! » Avec une cinquantaine de camarades, elle cosigne dans *Mediapart* une tribune dénonçant la récupération politique et médiatique de la vie du campus.

De son côté, la direction porte plainte pour dégradation. Identifiée sur les images de vidéosurveillance, une étudiante reconnaît être l'autrice des graffitis. Elle est condamnée quelques semaines plus tard à des travaux d'intérêt général.

Dans les mois qui suivent, la vie du campus reprend son cours. À la rentrée 2024, Sciences Palestine, qui a de nouveau changé d'équipe, devient la branche mentonnaise de SJP. En novembre, en collaboration avec Amnesty, elle organise un « mois de la Palestine ». Au programme, des projections de films (*Bye-bye Tibériade* de Lina Soualem, *Voyage à Gaza* de Piero Usberti, *Le Temps qu'il reste* d'Elia Suleiman), des expositions d'artistes palestiniens (Amer Shomali, Amer Nasser), des rencontres (notamment avec le collectif juif décolonial Tsedek) et des ventes de nourriture au profit de Gaza. Le retour d'une approche légaliste et pacifique de la mobilisation, qui reste par ailleurs très suivie, est un soulagement pour tout le monde.

Mais les débordements de l'année 2023-2024 ont laissé des traces. Pour les étudiants juifs – qu'ils soient liés à Israël par leur histoire familiale ou engagés pour la cause palestinienne, à Menton comme à Paris –, ces deux semestres hors normes ont été particulièrement éprouvants. Et la difficulté de leurs camarades à comprendre leur expérience singulière s'est parfois révélée un insidieux poison.

18

La détresse des étudiants juifs

Lorsque Claire rallume son portable en sortant de son examen de philo, ce 7 octobre 2023, les notifications déferlent sur son écran. Messages, appels manqués, alertes info… Son copain qui lui demande des nouvelles de sa famille, son père, en Israël, qui tente de la rassurer… Groggy après quatre heures de dissert, elle ne comprend pas encore ce qui se passe, ni pourquoi elle devrait s'inquiéter.

Les pièces du drame s'assemblent. Étudiante en première année sur le campus de Paris, Claire échange avec ses camarades de l'UEJF : « Faut-il faire un communiqué ? On est une association juive, pas une association israélienne, mais ce qui vient de se produire est très grave et nous touche tous… » Un nom tranche brutalement le débat : celui d'Omri Ram, étudiant israélien en échange à Sciences Po l'année précédente, qui figure parmi les victimes du massacre. L'UEJF publie alors un communiqué à sa mémoire.

Mais, pour Claire et de nombreux étudiants juifs, le temps du recueillement sera de courte durée. Très vite, ils se sentent visés par un antisionisme virulent, qui glisse parfois vers un antisémitisme décomplexé. Sur le groupe WhatsApp de sa promo, une étudiante au nom à consonance juive reçoit ce message : « La moindre des choses c'est de vous faire discrets ! » « Qui ça, vous ? » réagit-elle. « Les sionistes », lui répond-on. Dans un autre fil de discussion, alors qu'un militant propalestinien s'indigne du traitement médiatique des bombardements sur Gaza, un autre commente : « Pas étonnant, quand on connaît le lobby qu'il y a derrière », réactivant le plus cliché des clichés antisémites.

Alors que la mobilisation propalestinienne s'installe, plusieurs étudiants juifs dénoncent une forme d'ostracisation silencieuse, voire assumée. Devenue présidente de l'UEJF en deuxième année, Claire a recueilli leurs témoignages. Parmi eux, celui d'une étudiante à qui une camarade déclare un jour, sans autre explication, qu'elle ne lui adressera plus la parole. « Ce sont des situations extrêmement inquiétantes, mais les militants propalestiniens s'en lavent les mains sous couvert d'antisionisme. Certains en font un devoir moral, sur le mode du cordon sanitaire : ils refusent de nous parler comme ils refusent de parler aux fachos, avec l'idée qu'on n'aurait pas de base commune. »

Outre l'UEJF, les étudiants concernés se tournent vers les profs pour faire part de leur malaise. « Des étudiants sont venus me voir en privé pour me dire : c'est de plus en plus difficile d'être juif à Sciences Po », rapporte Pascal Perrineau. Sur le campus de Menton, Denis Charbit raconte le même malaise. « Trois ou quatre étudiants, dont un Israélien, sont venus me confier leur détresse. Certains n'étaient pas inscrits à mon cours, mais avaient entendu parler de moi. Ils m'ont raconté qu'ils n'étaient plus invités aux fêtes, certains de leurs camarades ont refusé de s'asseoir "à côté d'un sioniste"... Il n'y a pas eu d'agressions physiques, mais l'exclusion sociale peut être très difficile à supporter. »

La majeure partie des militants propalestiniens condamnent ces dérives. Aucun des étudiants mobilisés que j'ai rencontrés n'a cherché à les minimiser, encore moins à les justifier. Dès le 24 octobre, un communiqué inter-associatif réunit à la fois l'UEJF et l'Union étudiante, en première ligne des mobilisations propalestiniennes, mais aussi l'Unef, Nova, le PS, LR et d'autres organisations. Ensemble, ils rejettent « l'importation haineuse du conflit ».

Cette importation, hélas, n'a pas attendu le 7 octobre pour se manifester à Sciences Po. En décembre 2015, une étudiante avait été définitivement exclue pour avoir tenu des propos antisémites sur un groupe Facebook public, alors qu'elle était en stage à l'ambassade de France aux États-Unis. Son recours devant le Conseil national de l'enseignement supérieur et de la recherche avait été rejeté en 2022. Depuis le 7 octobre 2023, douze procédures liées à des soupçons d'antisémitisme ont été renvoyées en section disciplinaire. L'administration de l'école s'est toujours montrée lucide et vigilante sur ces sujets, même si la lenteur des procédures, gage de professionnalisme, a pu frustrer les personnes concernées.

Mais au-delà des actes antisémites avérés, qui restent très rares, c'est un climat général d'isolement, d'hostilité diffuse et de manque d'empathie qui a pesé sur les étudiants juifs. Traverser chaque semaine une manifestation scandant

« Israël assassin, Sciences Po complice ! » n'est pas anodin pour quelqu'un qui a de la famille en Israël, quand bien même lui-même et sa famille seraient opposés à la politique de Netanyahou. Dans ce contexte, plusieurs étudiants se sont repliés sur eux-mêmes. « J'avais pas mal sympathisé avec une étudiante d'origine sud-libanaise, se souvient par exemple Claire. La guerre a cassé quelque chose. Tout d'un coup, on n'a plus osé se dire bonjour. Elle a arrêté de me saluer, et de mon côté je n'ai plus osé non plus, j'avais peur. » Pour ces étudiants, par ailleurs confrontés aux tensions qui ont pu traverser leurs familles à la suite du 7 octobre, et à leurs propres interrogations personnelles en tant que juifs, le manque de sensibilité de leurs camarades a souvent été une blessure de plus.

Face au zèle buté de certains militants français qui semblent avoir trouvé dans la mobilisation pour Gaza une occasion de prouver leur pureté idéologique, le contact s'est avéré paradoxalement plus facile avec les Palestiniens en échange. « Avec eux, on arrivait à converser, raconte Claire. C'était drôle, ils venaient nous aborder en hébreu. On ne tombait pas forcément d'accord, mais c'étaient des conversations intéressantes. Ils comprenaient que, pour nous, certaines choses relevaient de l'identitaire, du familial, du personnel. Et nous, réciproquement, on savait que c'était la même chose pour eux. Donc, il y avait de la bienveillance. »

Malheureusement, ce dialogue ne s'est pas ouvert entre les militants de l'UEJF et d'autres étudiants juifs de Sciences Po, plus ouvertement critiques à l'égard d'Israël. Ces derniers récusent l'assimilation systématique de l'antisionisme à l'antisémitisme. Engagés dans la mobilisation propalestinienne, ils ont très mal vécu que celle-ci-ci soit discréditée au nom de la défense des juifs, alors qu'eux-mêmes y ont pris part sans faire l'objet de discrimination. Et s'ils soutiennent le combat contre l'antisémitisme, ils s'en méfient dès lors qu'il est récupéré, notamment à droite, par des acteurs extérieurs à la communauté juive, plus soucieux de régler leurs comptes politiques que de défendre réellement les juifs.

En mars 2024, plus d'une trentaine d'entre eux a signé une tribune dans *Mediapart*, accusant les critiques du mouvement propalestinien d'instrumentaliser le combat contre l'antisémitisme. Se démarquant des positions de l'UEJF, ils insistent sur la diversité des trajectoires et des sensibilités juives à Sciences Po, et refusent que leur voix soit réduite à une seule ligne. « La lutte contre l'antisémitisme ne pourra jamais se faire au détriment des vies palestiniennes », concluent-ils.

Anaëlle, de l'Union étudiante, a signé la tribune après une longue hésitation sur sa légitimité, un seul de ses parents étant d'origine juive. Si elle a fini par apposer ses initiales au bas du texte, c'est parce que la mobilisation propalestinienne l'a, paradoxalement, conduite à renouer avec ses origines. « Jusque-là, je me sentais appartenir à une communauté par le lien familial et je n'y réfléchissais pas plus que ça. Mais le fait de participer à un mouvement aussitôt taxé d'antisémitisme, ça a créé une rupture. Ça m'a donné envie de m'accrocher à la communauté au-delà de mon cercle », explique la jeune femme, qui a commencé à étudier l'hébreu. « Les personnes juives que j'ai rencontrées dans le cadre de la mobilisation pour la Palestine m'ont aussi aidée à me politiser contre l'antisémitisme. Autrefois, je voyais ça comme une haine purement religieuse, je n'avais pas conscience que l'identité juive était racialisée. J'ai beaucoup appris, et je me sens plus à même de lutter contre l'antisémitisme qu'avant ».

De l'extérieur, il est difficile de ne pas s'attrister de la défiance réciproque entre des étudiants pour la plupart intelligents, ouverts, et sincères dans la défense de causes qui, si elles ne sont pas les mêmes, ne s'excluent pas a priori. Mais à l'injonction de choisir son camp s'ajoute, tout aussi insidieuse, celle de donner des gages. Les étudiants juifs engagés dans la mobilisation propalestinienne reprochent à l'UEJF son « refus de critiquer la politique criminelle d'Israël ». L'UEJF, en retour, reproche au mouvement pro-Gaza de ne pas condamner plus frontalement le Hamas là-bas et l'antisémitisme ici. Leurs causes respectives ont pris une telle dimension existentielle que le préalable au dialogue exige non plus la reconnaissance mutuelle, mais le ralliement bruyant à la cause de l'autre – ce qui a peu de chances d'advenir. D'autant qu'à l'intérieur de chaque groupe, ceux qui seraient tentés de faire un pas vers l'autre se voient rappelés à l'ordre par leurs pairs les plus radicaux, au nom du sens des priorités.

En pleine polarisation du débat sur Israël et la Palestine, Claire se lance à l'automne 2024 dans une entreprise audacieuse : l'organisation d'un voyage d'étude en Israël. « Le bureau national de l'UEJF nous propose ça en septembre, raconte-t-elle. Je venais de reprendre la section à Sciences Po… »

Ce voyage, l'UEJF l'a déjà organisé par le passé. Conçu pour des responsables associatifs de tout bord, il mêle rencontres avec les acteurs de la société civile israélienne et visites des lieux de mémoire. Annulé l'année précédente pour des raisons évidentes, il avait, lors des éditions antérieures, réuni une trentaine d'étudiants à chaque fois. Claire accepte de porter le projet, mais n'ose pas faire de communication explicite pour recruter les participants. Le groupe se constitue par bouche à oreille. Loin de refléter la diversité associative des années passées, il compte néanmoins des membres de l'Unef, du PS… « Pas uniquement des pro-Israéliens, ou en tout cas qui pourraient l'être pour de mauvaises raisons », résume Claire. Comme un signe du destin pour les encourager, un accord de cessez-le-feu est conclu le 15 janvier 2025, veille de leur départ. Sans l'avoir anticipé, le petit groupe se retrouve en Israël durant la brève période d'espoir qui a très momentanément apaisé la région.

Parmi les participants, Ismaël, en double diplôme de journalisme avec Columbia, publie un très intéressant carnet de bord dans la revue juive libérale *Tenoua* [1]. La géopolitique est présente dès les premiers instants du séjour, puisque le jeune homme, d'origine mauritanienne, est retenu plus d'une heure à la sécurité de l'aéroport avec deux camarades, l'un portant un prénom maghrébin, l'autre ayant voyagé au Liban. Sur place, la polarisation de la société lui fait prendre conscience de la complexité de la position de l'UEJF. Alors que le cessez-le-feu s'apprête à entrer en vigueur, le groupe participe à une manifestation

1. Ismaël El Bou-Cottereau, « Dès la première journée, doutes et espoirs se sont mêlés », *Tenoua*, 31 janvier 2025.

de *Standing Together*, association qui réunit des juifs et des Arabes contre la guerre et l'occupation. Un homme s'approche, les accuse de soutenir le terrorisme. « Cette association donne de l'aide humanitaire au Hamas ! » lance-t-il, en désignant le sticker *Standing Together* que porte… une étudiante de l'UEJF. Un moment « vertigineux » pour Ismaël, qui se souvient que « dans les universités françaises les membres de l'UEJF sont dépeints par certains comme des génocidaires pro-Bibi [Netanyahou] ». Son texte s'achève sur une note fragile d'apaisement : un dernier tour de table, à la fin du séjour. « On arrive à dialoguer et ça fait du bien, ça fait des mois qu'on ne fait plus ça. »

Pour Claire, l'expérience est positive. « Finalement, tout le monde ne hurle pas en entendant le mot Israël. Quand on voit la foule en Péniche lors des manifs, on se dit qu'on est hyper seuls, mais c'est parce que les plus virulents sont les plus visibles. Le simple fait que des gens aient eu envie de venir, se soient dit : pourquoi pas, c'est déjà fort. » Un optimisme renforcé par le contexte : « Avoir emmené vingt étudiants de Sciences Po en Israël, au cœur des accords de cessez-le-feu, avec l'émotion sur la "place des otages" à Tel Aviv à l'annonce des libérations et des retours… C'était incroyable. »

Quelques semaines plus tôt, en novembre, à l'approche des 80 ans de la découverte des camps de concentration nazis, l'UEJF Sciences Po invite la survivante d'Auschwitz Ginette Kolinka, infatigable passeuse de mémoire. Succès inattendu : « L'amphi était plein à craquer, il y avait carrément des gens assis par terre, raconte Claire. Ça faisait chaud au cœur, parce que, d'ordinaire, on galère à faire venir du public, ou à faire de l'inter-associatif : dès qu'il y a écrit UEJF, les gens ne veulent plus participer. Ce jour-là, on s'est dit : Israël, c'est important, mais ça ne résume pas tout ce qu'on est. Et cette mémoire-là, elle est essentielle. »

La salle est bien plus modeste, le soir du 27 mars, pour recevoir Shoham Cohen, rescapé du festival de musique attaqué par le Hamas le 7 octobre, mais elle est également bien remplie. Cette mémoire-là a aussi ses passeurs.

Le chemin du dialogue est toutefois encore long. Le 7 mai 2025, la rabbine Delphine Horvilleur publie dans *Tenoua* une tribune vibrante où elle confesse son « amour d'Israël » et « la douleur de le voir s'égarer dans une déroute politique et une faillite morale ». Elle y exhorte à regarder en face « la tragédie endurée par les Gazaouis et le traumatisme de toute une région », ainsi qu'à « soutenir ceux qui savent que, sans avenir pour le peuple palestinien, il n'y en a aucun pour le peuple israélien ». Le texte a été abondamment partagé, mais n'a laissé aucune trace sur les réseaux sociaux de l'UEJF – qui avait pourtant invité Delphine Horvilleur à Sciences Po quelques mois plus tôt – ni sur ceux de *Students for Justice in Palestine*.

« On se tait, écrit Delphine Horvilleur, pour éviter de fournir la moindre munition au "camp" d'en face. Toute autocritique menace l'union sacrée, se fait traîtrise ou, pire, carburant pour un ennemi qui cherche à nous détruire. » Ces mots décrivent le mécanisme qui empêche de nombreux juifs de dénoncer les massacres à Gaza. Mais ils pourraient tout aussi bien s'appliquer aux défenseurs de la cause palestinienne prompts à balayer d'un revers de main le retour de l'antisémitisme. Ce réflexe de bunkérisation s'applique parfaitement aux communautés irréconciliées de Sciences Po, de part et d'autre des banderoles.

19

La reprise en main de l'école du pouvoir

En s'invitant devant le conseil d'administration, le 13 mars 2024, Gabriel Attal ne s'est pas contenté d'un recadrage sur la gestion du mouvement propalestinien. Il a aussi fait passer un message clair, y compris au futur directeur, dont il évoque alors sans détour le processus de nomination. L'heureux élu, Luis Vassy, semble l'avoir reçu cinq sur cinq. Dès sa prise de fonction, le diplomate multiplie les gestes à forte portée symbolique, y compris sur les événements antérieurs à son arrivée. Et ceux de l'occupation de l'« amphi Gaza » le 12 mars ne font pas exception. Alors que la section disciplinaire a sanctionné pour « entrave à la circulation » l'étudiante ayant momentanément bloqué sa camarade de l'UEJF, Vassy conteste la décision devant le tribunal administratif, la jugeant trop indulgente. Le diplomate, qui martèle à longueur de conseils son désir d'apaisement, semble estimer que la meilleure voie vers celui-ci est de mettre en cause le travail d'enquête des instances de son établissement au sujet d'un épisode dont il n'a pas été témoin.

Également dans son viseur, l'ancien leader du Comité Palestine, Hicham, pourtant diplômé depuis juin 2024, soit trois mois avant l'arrivée de Luis Vassy à la tête de Sciences Po. Cela n'a pas empêché le nouveau directeur de saisir le procureur en vertu de l'article 40, après le signalement par un autre étudiant d'une story Instagram qu'Hicham avait publiée sur son compte privé, où l'on pouvait lire : « *Long live the resistance, long live the intifada.* »

Quelques jours avant l'arrivée du nouveau directeur, une action du Comité Palestine perturbe le forum carrière, vitrine de Sciences Po auprès des recruteurs. Les kakemonos d'entreprises accusées de complicité avec les crimes de guerre israéliens sont aspergés de peinture rouge. À peine nommé, Luis Vassy frappe fort : quatre étudiants identifiés sont visés par des mesures conservatoires, exclus un mois et renvoyés en section disciplinaire. Trois semaines plus tard, ils ont finalement été réintégrés après avoir entamé un dialogue avec la direction. Fermeté d'abord, ouverture ensuite : un double signal censé marquer le retour à l'ordre – et à l'apaisement ?

Pas vraiment. Les excès du Comité Palestine sont venus justifier la méfiance de la nouvelle direction envers SJP, restée pourtant sur une ligne strictement légaliste. En novembre, une conférence organisée par l'association sur les embargos d'armes contre Israël, à laquelle devait participer Rima Hassan, est annulée. L'association saisit le tribunal administratif, qui lui donne raison. Mais l'école, bien décidée à ne plus laisser revenir la juriste, fait appel devant le Conseil d'État, qui reconnaît de son côté un risque de trouble à l'ordre public.

Le 11 février 2025, alors qu'une mobilisation nationale contre les coupes budgétaires dans l'enseignement supérieur est prévue dans tout le pays, Sciences Po présente sa nouvelle « doctrine institutionnelle » en matière de positionnement politique. Une quinzaine d'étudiants saisissent l'occasion pour manifester devant le conseil de l'Institut, où le texte doit être présenté. Avec toujours la même demande : la fin des partenariats avec les universités israéliennes. À nouveau, trois d'entre eux sont renvoyés en section disciplinaire et exclus trente jours en guise de mesures conservatoires, en attendant que leurs cas soient traités. Parmi eux, une responsable de l'Union étudiante.

Cette situation inédite à Sciences Po suscite en retour une nouvelle mobilisation. Le 18 mars, Israël reprend ses bombardements sur Gaza après deux mois de trêve, faisant près de 400 morts en quelques heures. L'événement prévu ce jour-là par le Comité Palestine à la cafétéria de Saint-Thomas n'en est que plus suivi. Sur les vidéos diffusées par les militants : des crêpes au Nutella sur des tables recouvertes de keffiehs, et une banderole « *Free Mahmoud Khalil* ». Dix jours plus tôt, ce leader de la mobilisation propalestinienne à Columbia a été arrêté par la police fédérale de l'immigration américaine et placé en rétention administrative, sans inculpation, malgré un titre de résident permanent. (Il sera finalement libéré par la justice… le 20 juin). À 23 heures, à la fermeture du campus, les étudiants refusent de quitter les lieux. Les CRS interviennent une trentaine de minutes plus tard pour les déloger. Deux jours après, le scénario se répète, cette fois rue Saint-Guillaume.

Dans une tribune, 84 membres de la faculté permanente dénoncent la banalisation des interventions policières et des procédures dérogatoires à l'encontre des étudiants. Le texte reste lettre morte. « On est marginaux, on est en train de perdre la bataille », soupire l'un des signataires, constatant que seuls un tiers des enseignants-chercheurs ont apposé leur nom au bas de la tribune.

Plus personne ne cherche le dialogue : le rapport de force est désormais frontal. Le 31 mars, la façade du 27 est aspergée de faux sang, comme l'avait été celle de Jussieu une semaine plus tôt. Fini le temps où les étudiants passaient le balai après les blocus – le tabou de la dégradation matérielle a sauté, au mépris des salariés chargés de nettoyer derrière. « Politiquement, c'est totalement contre-productif, analyse le même enseignant-chercheur. Ce sont des actions pensées pour faire des images, pour devenir virales. Mais les étudiants ne voient pas que les salariés de Sciences Po, qu'ils n'ont jamais réussi à mobiliser, la faculté permanente et même une grande partie des autres élèves sont épuisés. Et vivent très mal d'être accusés d'être complices d'un génocide. »

Le 10 avril, Luis Vassy accueille ses homologues de Stanford, LSE et d'autres établissements prestigieux pour un débat sur l'avenir de l'enseignement supérieur. Des militants propalestiniens surgissent et interrompent leur colloque en Boutmy. Cette fois, les trois étudiants identifiés sont exclus jusqu'à l'aboutissement de leur procédure en section disciplinaire – et plus seulement pour trente jours comme les précédents. Avec eux, le compteur grimpe à dix exclusions depuis l'arrivée du directeur.

C'est donc très loin de l'apaisement promis que l'année universitaire se termine, fin juin 2025. Signe de la fébrilité ambiante, l'administration interdit la retransmission en direct des cérémonies de remise de diplômes, de peur qu'un incident ne vienne troubler la fête.

Le 27 juin au matin, la cérémonie des promotions 2025 de l'École de journalisme, de l'École urbaine et de l'École de la recherche s'ouvre au Grand Rex, dans un curieux mélange de faste et de tension. Dans un décor à la Broadway, une maîtresse de cérémonie enjouée annonce le programme : les diplômés vont être appelés sur scène un à un, puis « des étudiants et étudiantes d'honneur prendront la parole pour chaque école ». Elle adopte un ton momentanément plus grave pour annoncer qu'un collectif d'étudiants s'exprimera par ailleurs « en leur propre nom » à la fin. Elle demande que la cérémonie se poursuive dans le calme jusque-là. « Sinon, précise-t-elle un peu gênée, nous devrons l'interrompre. »

Deux heures durant, les étudiants montent un à un sur la scène, entre les discours des doyens des écoles. Aucune trace, en revanche, de Luis Vassy. Alors que ses prédécesseurs ouvraient ou clôturaient toujours les cérémonies, et remettaient même une partie des diplômes, le nouveau directeur n'a pas pris le risque d'apparaître sur l'estrade. Les élèves ne le retrouveront qu'au cocktail, fondu dans la foule.

Pour l'heure, ce matin du 27 juin, la plupart des jeunes hommes portent costume, les jeunes femmes robes élégantes. Plusieurs ont épinglé un drapeau palestinien sur l'écharpe rouge floquée du logo de Sciences Po qui leur a été distribuée, ou noué un keffieh sur leurs épaules, affichant leur cause en silence le temps d'une photo. Mais au milieu de la cérémonie, l'un d'entre eux, avant de quitter la scène, brandit une banderole « *Sciences Po supports genocide* » et fait le tour de l'estrade en criant « *Free Palestine !* ». Le voilà, l'incident tant redouté. La direction intime au collectif qui doit intervenir en fin de cérémonie de ne pas faire monter cet étudiant sur scène. C'est l'un des leaders du mouvement propalestinien, déjà sanctionné et exclu du campus pour de précédentes actions.

Mais, alors que ses camarades terminent leur allocution, il se précipite vers l'estrade, coursé par un agent de sécurité, et tente d'y monter. « On a prévu un discours sur la Palestine ! » crie-t-il. Trois agents de sécurité l'encerclent et l'évacuent manu militari.

*
* *

Je ne compte plus les interlocuteurs de plus de quarante ans qui, lors de nos entretiens, m'ont confié avoir eux-mêmes porté un keffieh dans leur jeunesse. Mais il faut croire que la cause palestinienne, comme l'humour ou les relations hommes-femmes, *c'était mieux avant*. Entre des militants en quête d'actions coup de poing à partager sur les réseaux et une direction convaincue que la fermeté disciplinaire fera taire la contestation, c'est aussi un conflit de générations qui se joue.

De toute évidence, la stratégie du coup de semonce – exclure les éléments perturbateurs pour ramener le calme –

n'a pas porté ses fruits. Les militants radicaux ont beau être minoritaires, ils sont encore assez nombreux pour maintenir la pression, malgré les exclusions successives. Et si beaucoup d'étudiants sont las de ce climat et rejettent non pas la cause palestinienne, mais la manière dont le Comité Palestine la défend, beaucoup aussi, sans adhérer à ses méthodes, s'indignent de la répression exercée à son encontre. Sensibles avant tout à la situation à Gaza, ils ne comprennent pas que des traces de peinture sur un kakemono Dassault ou des tam-tams devant une salle de conseil paraissent susciter plus d'émotion que les dizaines de milliers de morts palestiniens. Ils s'entendent en général répondre que tout le monde est dévasté par la situation à Gaza, mais que leur mobilisation est contre-productive. Or l'argument de l'impuissance, doublé des appels à « se concentrer sur ce qu'on peut changer », convainc rarement les foules indignées – quand bien même l'objet de leur indignation se situe à des milliers de kilomètres. Et en matière de géopolitique, ce discours devient carrément inaudible lorsqu'il émane d'une école dirigée par un diplomate, ancien dircab du ministre des Affaires étrangères.

Pour autant, Luis Vassy a-t-il vraiment perdu son pari ? L'un de ses principaux objectifs était de ramener les financeurs. Et même s'il n'a pas réussi à récupérer Frank McCourt et son deal à 25 millions, la région Île-de-France et plusieurs mécènes privés ont remis la main à la poche. Sciences Po, faut-il le rappeler, n'est pas financée par Greenpeace ou La Ruche qui dit Oui ! : rassurer les financeurs, c'est rassurer les milieux économiques et le gouvernement – et donc, en 2025, essentiellement la droite.

En ce sens, les sanctions lourdes et fortement médiatisées contre les militants ont envoyé un signal très clair vers l'extérieur – et plutôt bien reçu sur un large spectre médiatique allant des *Échos* à CNews. Sur la chaîne de Vincent Bolloré, on pouvait voir au printemps Geoffroy Lejeune, l'ex-directeur de *Valeurs actuelles* désormais à la tête du *JDD*, raconter avec exaltation son récent déjeuner avec Pascal Praud et Luis Vassy. « Il nous a expliqué tout ce qu'il ne pouvait pas faire », exposait-il, compatissant, avant de rassurer le reste du plateau : « Il a été très malin, il a utilisé des voies détournées, il a fait tout ce qu'il pouvait. »

L'enthousiasme de ces commentateurs très orientés est d'autant plus unanime que Luis Vassy s'est attaqué sans tarder à l'autre grand totem fantasmé à l'extérieur de Sciences Po : la procédure d'admission. Deux semaines après son arrivée, il annonce en fanfare aux *Échos* le rétablissement d'une épreuve écrite dès 2026. Les étudiants, comme l'écrasante majorité des profs, découvrent la nouvelle dans la presse – et s'étonnent qu'une décision aussi lourde ait été prise sans la moindre concertation, en particulier concernant ses implications logistiques.

Mais Luis Vassy en est convaincu, et ne cesse de le répéter : il fallait envoyer un signal fort, rapide, avec des annonces immédiates – et même une première modification du processus de sélection dès 2025 –, pour montrer que la direction est au travail. À ses yeux, plusieurs correctifs s'imposent. D'abord, la question de la sincérité des candidatures : les lettres de motivation demandées peuvent être facilement rédigées par un proche ou une IA, voire contenir des mensonges sur les engagements mis en avant par les élèves. Pour le coup, le constat fait consensus : ces dérives bien réelles constituent une vraie limite du système. Autre écueil : les épreuves du Bac, un temps envisagées en mars – ce qui aurait permis d'inclure ces évaluations nationales dans les dossiers –, continueront finalement de se tenir en juin. L'épreuve anticipée de français, passée en première, demeure donc le seul écrit commun disponible.

Autant de limites qui n'aident pas à départager des dossiers globalement très bons, le contrôle continu ayant plutôt fait monter les résultats. Et qui laissent ouvertes de nombreuses interrogations, en particulier dans les fameux « grands lycées parisiens », dont les élèves sont, depuis la réforme, moins systématiquement admis à Sciences Po qu'autrefois.

Autre élément qui « interroge », pour reprendre l'euphémisme en vigueur : la majorité désormais écrasante de filles, qui représentent environ deux tiers des promos en premier cycle. La procédure sur dossier discriminerait-elle les garçons ? On l'a vu, ce n'est pas le cas, puisque le taux d'admission est équivalent entre candidates et candidats. Il y a simplement plus de filles qui postulent.

Mais Luis Vassy rejette cette logique de proportionnalité. S'il avait usé de cet argument, explique-t-il à ceux qui le lui opposent, pour justifier la masculinité des postes d'ambassadeurs, au prétexte qu'il y a plus d'hommes que de femmes dans les effectifs globaux du Quai d'Orsay, il aurait passé un mauvais moment. La comparaison semble toutefois quelque peu fallacieuse, les ressources humaines du ministère étant le résultat de décennies de recrutement ne tenant jusqu'à récemment aucun compte des inégalités femmes/hommes. Si les hommes y sont majoritaires, c'est le fruit de cette inégalité, et se contenter d'un nombre d'ambassadrices proportionnel au nombre de femmes serait effectivement insuffisant. En revanche, filles et garçons sont à peu près aussi nombreux au lycée, et si les candidates sont majoritaires à Sciences Po, ce n'est pas à cause d'une injustice initiale qu'il conviendrait de corriger, mais d'un choix : elles sont tout simplement plus nombreuses à s'y intéresser, comme à la majorité des formations en sciences humaines. On peut s'interroger sur cette répartition genrée des aspirations, ou en prendre acte et tenter de transformer Sciences Po en école d'ingénieurs pour attirer à tout prix des candidatures masculines. Mais le fait que cette féminisation suscite tant de débats, alors qu'elle ne s'accompagne d'aucune discrimination, révèle surtout combien la surreprésentation des femmes dans une filière reste perçue comme un signe de dévalorisation.

Enfin, le poids accordé aux écrits personnels dans le dossier aurait favorisé les candidats les plus militants (« et on voit le résultat », semblent se retenir de conclure leurs détracteurs), au détriment d'élèves plus concentrés sur leur scolarité.

C'est avec ces différents éléments à l'esprit que Luis Vassy et les équipes de Sciences Po lancent une première réforme de l'admission dès 2025. Finalement, les écrits personnels sont supprimés : les éléments de motivation ne seront désormais pris en compte qu'au moment de l'oral, pour servir de base à la discussion – oral qui compte désormais pour 50 % de la note finale. Exit également les bulletins de seconde, qui font peser trop de pression trop tôt sur les candidats. Accessoirement, ces deux suppressions allègent considérablement les dossiers à examiner par Sciences Po. Enfin, le coefficient de l'écrit du Bac français, qui permet de comparer les candidats sur une même épreuve, est augmenté pour atteindre 60 % de la note d'admissibilité. Un recentrage assumé sur des critères objectivables, plus simples à comparer.

Une première phase de réforme qui pourrait bien devenir la réforme tout court. Lors de sa conférence de presse de rentrée, en septembre 2025, Luis Vassy a en effet indiqué qu'au vu des résultats jugés probants de la procédure 2025, celle-ci resterait inchangée en 2026. La nouvelle épreuve anticipée de mathématiques au Bac offrira un critère de plus pour affiner les dossiers, mais le retour du concours écrit est pour l'heure oublié.

Avec une moisson d'excellents élèves et un taux de boursiers en hausse, la direction se félicite de sa réforme… et fait fuiter au *Figaro*, mi-juin, la nouvelle que ses lecteurs attendaient : Louis-Le-Grand passe de quatre admis à onze, Franklin de zéro à quatre… Les grands lycées parisiens sont de retour. Ces effectifs, les bonnes années comme les mauvaises, ont beau être dérisoires à l'échelle du millier d'étudiants recrutés, ils sont toujours l'objet de questions récurrentes au CA. Tout simplement parce qu'ils concernent les enfants de ses membres et de leurs amis.

On ne saurait reprocher à Luis Vassy d'avoir voulu rassurer ceux qui, à différents niveaux, tiennent entre leurs mains les destinées de Sciences Po. De ce point de vue, sa méthode fonctionne.

Quant au pouvoir politique, on imagine le camp macroniste plutôt serein. L'école est dirigée par l'ancien dircab de ses ministres des Affaires étrangères, sa communication confiée à l'ex-dircom de LREM, et le dircab de Gabriel Attal, Raphaël Charpentier, siège d'un conseil à l'autre en tant qu'élu enseignant. Parmi les nouvelles recrues, Luis Vassy a fait venir un de ses anciens collègues au sein du cabinet de Stéphane Séjourné pour diriger le sien, et un camarade de la promo Senghor (un de plus !) comme directeur de la stratégie. Ce dernier, Sébastien Hua, n'en est pas à son premier retour à Sciences Po. Au mitan des années 2000, il y coanimait un cours très prisé de culture gé destiné aux élèves de prép'Ena. Son binôme d'alors ? Un jeune inspecteur des finances nommé Emmanuel Macron. Le Macron & Hua, selon les étudiants de l'époque, était un incontournable...

Épilogue

La Sciences Po des années 2020 n'a plus grand-chose à voir avec celle qu'ont connue, à 20 ans, Emmanuel Macron, Mathias Vicherat, Luis Vassy et leurs camarades. Elle n'est plus tout à fait la nôtre non plus, à nous les derniers diplômés de l'ère Richard Descoings. Mais c'est bien à Richard Descoings que l'on doit cette métamorphose. Et, pour une large part, elle fut salutaire. Plus ouverte, socialement et internationalement, plus crédible sur le plan académique, Sciences Po s'est surtout mise au diapason du marché du travail. Avec ses écoles ultra-professionnalisantes, elle colle désormais aux tendances de chaque secteur, formate des profils prêts à l'emploi et coche toutes les cases de la performance.

Cette transformation ne s'est pas doublée d'une remise en question de la direction elle-même – et il y a peu de chances qu'elle advienne, tant que les élites politiques et administratives continueront à considérer Sciences Po comme leur chasse gardée. Dès lors, l'évolution du profil des étudiants, tant sur le plan des opinions politiques que sur ceux de l'origine sociale, de la nationalité ou du genre, persiste à susciter des tensions en interne et de la défiance en externe. Mais, malgré les *bad buzz* et les *backlashes*, la dynamique semble irréversible. Quoi qu'en pensent ceux qui n'en pensent pas moins, nul n'ose plus, parmi les responsables politiques et universitaires, remettre en cause les politiques d'ouverture sociale et d'internationalisation – n'en déplaise aux éditorialistes. Pour vanter les mérites de sa réforme des admissions, Luis Vassy s'empresse ainsi de souligner l'augmentation du taux de boursiers et celle des candidatures internationales. Certains y verront de la communication, mais le simple fait que ces arguments soient considérés comme valorisants, y compris de la part d'un directeur perçu comme conservateur, est le signe d'une évolution profonde et durable.

Les nouveaux étudiants de Sciences Po, si déroutants soient-ils pour certains observateurs, ne sont pas seulement le produit des politiques d'ouverture. Leur profil reflète une mutation plus large : celle d'une jeunesse traversée par une remise en cause radicale de nos modèles actuels de société – qu'elle penche vers l'extrême droite et le masculinisme, ou vers la décroissance et le renversement du patriarcat. À Sciences Po, on croise davantage les tenants de la seconde catégorie, mais ce n'est pas une spécificité de la rue Saint-Guillaume. Chaque époque à ses néologismes. Les années 2020 ont vu émerger les « bifurqueurs », ces diplômés de grandes écoles qui tournent le dos aux parcours balisés de l'élite économique. Et ce sont les ingénieurs qui ont ouvert la danse. Ces préoccupations ne sont pas l'apanage d'une poignée d'exaltés du VIIe arrondissement passés entre les mailles du filet. Elles sont celles d'une génération tout entière, aussi polarisée soit-elle.

Parmi ces préoccupations, l'égalité de genre et la lutte contre les violences sexistes et sexuelles ont un temps réuni les étudiants de Sciences Po et leur administration, avant de se fracasser sur les démêlés judiciaires de leur directeur. La plaie n'a pas eu le temps de cicatriser avant que la crise palestinienne ne la rouvre, provocant à Sciences Po une onde de choc inédite depuis mai 1968.

Cette mobilisation, qui n'est pas la simple lubie que veulent y voir ses détracteurs, a toutes les chances de se poursuivre tant qu'Israël continuera la guerre criminelle et destructrice lancée contre Gaza en représailles aux massacres du 7 octobre.

Mais, à l'heure où j'écris ces lignes, tandis que les diplômés savourent leurs vacances et que les nouveaux admis préparent leur rentrée, un autre motif de désolation monopolise les gros titres. La décrue des inondations meurtrières au Texas est à peine amorcée que déjà New York et le New Jersey sont sous l'eau à leur tour, tandis qu'en France les forêts brûlent les unes après les autres. Ces infos, on les lit anxieusement sous la canicule. Le réchauffement climatique n'est plus une menace abstraite. C'est un choc concret, global, qui s'impose à tous. Dans ce contexte, l'annonce de la création de la *Paris Climate School* a été unanimement saluée – y compris, ce qui est exceptionnel pour une initiative de Luis Vassy, par l'Union étudiante. Si le résultat est à la hauteur de l'ambition, il pourrait jeter les bases d'un dialogue enfin constructif entre des générations et des mondes qui peinent encore à se comprendre, mais que l'urgence climatique obligera, tôt ou tard, à agir de concert.

Pour faire face à cette urgence, l'un des piliers de la réussite de Sciences Po sera indispensable : le respect du savoir universitaire. Or, de tous les atouts de l'école, c'est celui qui, aujourd'hui, s'avère le plus menacé. Les polémiques sur l'« islamogauchisme », reprises jusqu'au sommet des ministères de l'Éducation nationale et de l'Enseignement supérieur, ont laissé des traces. Elles pourraient sembler picrocholines si partout dans le monde, et en premier lieu aux États-Unis, les sciences en général et les sciences humaines en particulier ne faisaient l'objet d'attaques délétères menées par le pouvoir politique.

Depuis son retour à la Maison-Blanche, Donald Trump a suspendu des centaines de millions de dollars de financements pour six des huit universités de l'*Ivy League*, retirant même à la plus emblématique, Harvard, le droit d'accueillir des étudiants étrangers. Des centaines de bases de données publiques sur le climat, le genre et les inégalités ont été tout bonnement supprimées, privant les chercheurs de leur outil de travail, tandis que des dizaines de mots sont désormais interdits dans les demandes de bourses.

Face à ces violations surréalistes des libertés académiques, on peut confortablement se féliciter de la situation incomparablement plus favorable des universités françaises. Mais soyons lucides : chaque kilomètre franchi par l'administration Trump décale de quelques mètres la limite de l'acceptable dans le reste du monde. Et si, pour l'heure, les petites ingérences du pouvoir politique dans l'enseignement supérieur en France relèvent avant tout de calculs électoraux, elles participent elles aussi à décaler cette limite. Or il est désormais clair que l'appropriation par les partis modérés des thématiques de l'extrême droite ne la pénalise aucunement dans les urnes. Sciences Po, comme le reste de l'enseignement supérieur, pourrait donc se voir imposer en 2027 un virage irréversible.

TABLE

Cet ouvrage a été mis en pages par

<pixellence>

CET OUVRAGE
A ÉTÉ ACHEVÉ D'IMPRIMER
SUR ROTO-PAGE
PAR L'IMPRIMERIE FLOCH
À MAYENNE EN OCTOBRE 2025

Les Éditions Flammarion sont investies dans une démarche active
pour l'empreinte environnementale de leurs parutions.
Ainsi, le livre que vous tenez entre vos mains a été imprimé en France
sur des papiers issus de forêts gérées durablement,
par un imprimeur engagé dans la protection de l'environnement.

N° d'édition : 648353-0. N° d'impression : 107762
Dépôt légal : octobre 2025
Imprimé en France